이상문학상 대상 작가의
자전적 에세이

■ 일러두기

이 도서에 실린 글은 역대 이상문학상 대상 수상 작가들이 대상을 수상한 그해 집필한 '문학적 자서전'입니다. 1993년 제17회부터 2019년 제43회까지의 《이상문학상 작품집》에 수록한 스물두 명의 대상 수상 작가들의 글을 시대의 흐름에 맞게 편집하여 한 권의 책으로 발행합니다. 몇몇 작가들의 글은 연락이 닿지 않거나 개인 사정으로 싣지 못하였음을 밝힙니다.

이상문학상 대상 작가의
자전적 에세이

공지영 · 손홍규 · 편혜영 외 19인 지음

문학사상

아무에게도 말하지 않은,
누구에게라도 말해주고 싶은……

권영민(문학평론가, UC 버클리 겸임교수)

 이상문학상 역대 수상 작가들이 수상 소감과 함께 발표하는 '문학적 자서전'이라는 짤막한 글이 있다. 작가들이 자신의 글쓰기에 대해 독자들에게 여과 없이 말해주는 일종의 자기 고백이다. 이러한 자기 고백은 자기 내면에 대한 세심한 통찰과 함께 어떤 경우에는 비판까지도 담아낸다. 그러므로 어디에서도 밝힌 적이 없는 그 자신의 심중을 여기서 확인해볼 수 있다. 좀처럼 자기 이야기를 하지 않는 작가들이 감정의 심연까지 드러내는 이 특이한 글쓰기가 유별나게 느껴지는 이유가 여기 있다.

 해마다 신년 벽두에 수상작을 발표하는 이상문학상은 우

리 문단에서는 하나의 역사에 해당한다. 수많은 독자들이 환호하면서 《이상문학상 작품집》을 읽는다. 이상문학상 수상은 작가에게는 말할 것도 없이 큰 영광이다. 문단에도 이상문학상 발표는 언제나 하나의 사건이 된다. 이상문학상 수상작 자체가 우리 문학사에 불멸의 작품으로 자리 잡는다는 사실은 부인할 수 없는 일이다.

나는 심사위원으로 오랫동안 이상문학상 대상 선정 과정에 참여해왔다. 매년 이상문학상 후보작들을 놓고 어떻게 서사적 완결성을 이루어내고 있는지를 꼼꼼히 따지면서 작가가 거두고 있는 특이한 소설적 성과에 늘 관심을 기울인다. 이런 식의 소설 읽기가 즐거울 리 없다. 그 많은 작품 가운데 하나를 가려 뽑아야 하는 고통은 이루 말할 수도 없다.

그런데 이상문학상 수상작을 발표한 후에 나 혼자 즐거운 일은 사실 따로 있다. 대상 수상작이 선정된 후 작가들이 밝히는 '수상 소감'과 '문학적 자서전'을 읽는 일이다. 이 작품을 쓴 작가는 어떻게 소설가로 출발하게 되었을까? 어떤 생각을 갖고 있을까? 어떤 책을 읽었을까? 어떤 방식으로 글을 쓰고 있을까? 등등 작가에 대한 호기심으로 이 글들을 읽는다. 그리고 나는 매번 작가들이 밝히고 있는 '수상 소감'뿐만 아니라 자기 심중의 이야기를 그대로 드러내어 쓰고 있는 '문학적 자서전'에 감동한다. 한 사람의 작가에 대해 알아보려고 기대했던 내가 '문학적 자서전'을 통해 한 사람의 인간을 종종 발견하게 되기 때문이다.

올해 이상문학상 대상을 수상하게 된 윤이형 씨는 대학 시절 '하루키 모임'에 참여했었단다. '아하 이분도 하루키 세대였구나' 하면서 윤이형 씨가 밝힌, 학교 신문 공모에 제출했던 시 이야기를 재미있게 읽는다.

지난해의 손홍규 씨는 뭐라고 했더라? 가난한 행상으로 살아온 아버지의 잘려나간 손가락 이야기였는데, 나는 그 글의 끝에 붙여진 '오래전 내 꿈은 소설가였고 지금 나는 소설가인데 여전히 내 꿈은 소설가다'라는 구절을 잊을 수가 없다.

젊은 시절 나와 가끔 술자리를 같이했던 윤후명 형은 시인으로 출발하며 느낀 글쓰기의 허기를 달래기 위해 소설가가 되었다고 했다. 그는 '내 쓰고, 쓰고, 쓰고, 또 쓰고…… 하여, 이승의 마지막에 이를지니!'라고 다짐했었다. 얼마 전 만났더니 "쓰고 쓰고 또 쓰면서 오래 살아남겠다"며 천연스레 웃는다.

90년대 소설문학의 새로운 시대를 열었던 소설가 윤대녕 씨는 '길은 멀어서, 끝에 닿을 수가 없어서 늘 걸어갈 이유가 생기는 것인지도 모르니까'라고 작가로서의 운명을 이야기했다.

지금은 여성운동가처럼 보이는 공지영 씨는 서울의 중산층 가정에서 자랐던 어린 시절을 솔직하게 밝혔는데, 내가 알아온 작가 가운데 이런 '서울내기'는 처음이다. 지금도 공지영 씨는 어느 '글목'을 더듬고 있는지?

세계문학의 무대에 독자를 거느리고 있는 신경숙 씨는 어린 소녀 시절의 경험들이 글쓰기의 자산이 되었다고 털어놓았다. 그리고 많은 소설들을 노트에 차곡차곡 베껴 써보면서 거기서 글쓰기를 배웠다고 했다. 그 문체의 감응력이 이렇게 다듬어진 것이었구나 하고 속으로 감탄했다.

중학생 시절 새로 부임한 젊은 영어 선생님을 짝사랑하던 소년이 혼자 숨겼던 사랑을 문학에 대한 꿈으로 키웠다는 박상우 씨의 이야기는 지금 다시 읽어도 웃음이 난다.

이런 식으로 소개하자면 한이 없겠지만 몇 사람만 더 소개하고 싶다.

김애란 씨가 이상문학상을 수상한 것은 2013년이다. 수상작 발표 기자 간담회에서 나는 김애란 씨를 처음 만났는데 그야말로 '명랑 만화'의 주인공 같다는 느낌이었다. 자기 어머니와 아버지가 시골의 '송방' 구석에서 '뽕치기' 화투놀이를 하며 처음 만났던 이야기를 콩트처럼 써내려간 '문학적 자서전'을 읽으며 나는 옛날 고향 생각이 떠올라 한동안 혼자 웃었다. '소설'이란 그럴듯한 '뺑치기'라고 시치미를 떼고 있는 모습이 지금도 눈에 선하다.

내가 개인적으로 좋아하는 소설가 최수철 씨는 자신의 소설을 두고 '어떤 전망의 제시보다는 전망의 모색 그 자체에 바쳐진 것'이라고 겸손을 부리고 있다. 나는 최수철 씨의 소설을 읽을 적마다 무언가 앞뒤가 구별되지 않는 뿌연 안개 속에 서 있는 느낌이다. 그래서 더 신경을 곤두세울 수밖에 없다. 그게 마음에 든다.

작가는 여간해서 자기 속내를 드러내지 않는다. 작가는 오로지 작품으로만 말한다. 작품만이 작가의 존재를 드러내는 방식이기 때문이다. 작품을 쓰는 일이 작가의 일이고 쓰지 못한다면 작가일 수가 없다. 어디선가 읽었던 톨스토이가 한 말이 생각난다. "말해야 할 때 외에는 말하지 말라. 써야 할 때 외에는 쓰지 말라. 너는 작가다. 써야 할 때 외에는 결코 써서는 안 된다."
여기서 '써야 할 때'란 작품을 써야 하는 때를 말한다.

이번에 문학사상이 엮어내는 이 책은 '아무도 묻지 않았고 아무에게도 말하지 않았지만, 누구에게라도 말해주고 싶은 작가들의 이야기'라고 해도 좋다. 이 진귀한 이야기 속에서 작가들이 얼마나 자신을 자기답게 위장하고 있는지를 헤아리는 독자 앞에서라면 나는 입을 다물 수밖에 없다.

이상문학상
대상 작가의
자전적 에세이

차례

나의 치유자,
나의 연인
그리고 나의 아이들

2011년 제35회 이상문학상 대상

공지영

〜〈동트는 새벽〉

한 번도 소설가가 되겠다는 생각을 한 적이 없다. 글은 생활하고는 별개의 것이라 생각해서일까? 무언가 글을 쓰는 사람이 되리라는 생각은 했지만 그게 소설이라고는 생각해본 적이 없다는 것이다. 하지만 내가 두 다리로 일어설 무렵부터 글은 내 인생에 끼어들어 나를 점령한다.

활자와의 첫 기억은 세 살 무렵일 것이다. 나보다 다섯 살 많은 오빠가 초등학교 1학년이었으니까. 오빠가 학교에서 돌아와 '란도셀'이라고 부르던 가방을 대청마루에 툭 던져놓고 놀러 나가면 나는 살금살금 다가가 그 가방을 뒤졌다. 국어라고 부르는 책과 도덕이라고 부르는 책에 글씨가 제일 많다는 것을 알고 있었기에 그 두 책을 꺼내놓고 들여다보다가 이, 라는 글자, 가, 라는 글자, 다, 라는 글자가 제일 많이 등장하고 또 쓰기 쉽다는 것을 알고 연필로 백지에 그것을 베껴 쓰며 놀았다.

　우리 집은 그리 어려운 살림살이가 아니어서 소꿉도 있었고 인형도 있었고 집짓기 블록 같은 것도 있었는데 세 살짜리 아이가 앉아서 오빠가 행여 밖에서 돌아와 왜 내 가방을 뒤지느냐고 화를 낼까 조마조마하면서 그런 놀이를 하고 있었다는 것을 생각하면 지금도 약간 의아하다.

　어쨌든 그 무렵 혼자서 그렇게 익힌 글씨를 외우고 곧 책을 읽어 내려간다. 한글을 배운 게 아니라 한글이 내 몸으로 그냥 그렇게 스며들어버린 것이다. 그러고는 닥치는 대로 활자를 읽는다. 동화책은 물론이고 화장실에 뒹굴던 《선데이서울》, 피아노 레슨을 기다리는 동안 거기 뒹굴던 《주부생활》…… 어른들의 세계를 이차원적 활자로 여과 없이 섭렵하고 나서 나는 터무니없이 스스로를 조숙하다고 생각했다. 이 잘못된 판단이 마흔이 되어서야 깨어지는데 조숙 혹은 성숙은 철저히 삼차원적 문제였다는 것을 알아차리게 된 것이다.

　다른 모든 작가가 그러하듯이 글과 가까운 재능은 곧 사람들의 눈에 띄게 되고 학교 대표로 자주 불려 나간다. 아이들이 모두 공부하고 있는 길고 조용한 복도를 조용히 걸어, 나 혼자 학교 밖에서 열리는 대회에 나가는 것이 좋아 적극 참여한다. 몇 번의 상을 타고 고등학교 때는 모 대학에 입학할 자격도 얻는다. 그러나 글짓기 대회의 용도는 수업을 빠질 수 있는 합법적 권리 외에는 아무 의미가 없다. 오히려 식구들이 모두 잠든 밤, 혼자서 노트를 꺼내 사각사각 글을 쓰는 시간이 그렇게도 행복하다. 커다란 노트 몇 권에 시를 쓰고 그림을 그리고 장편을 구상하고 단편을 쓴다. 글은 내 스승이고 내 친구이며 고해신부이고 치유자이며 아직은 만나지 못한 내 연인이다.

연세대 입학 후,《연세춘추》에 발표하는 시로 약간의 명성을 얻는다. 공지영이 누구냐고 묻는 사람들이 생겨나고 팬레터를 받기 시작한다. 내친김에 친구들과 돼지갈비를 먹기 위해 여기저기 현상금이 있는 곳에 응모해 돈을 번다. 주로 시를 쓰다가 소설이 더 상금이 많다는 것을 알고 소설도 쓴다. 첫 소설 〈마리아의 초상〉이 연세지 공모에 당선된다. 그때 내가 존경하던 이선영 교수가 심사를 맡았는데 앞으로 작가로서의 재능을 충분히 엿본다, 라는 평이 가슴에 와서 박힌다.

그 무렵 평론가 홍정선 씨의 편지를 받는다. 우연히 연세지를 보다가 내 시를 발견했고 자신들의 동인지에 내 시를 싣고 싶다는 내용, 그토록 어려운 시인의 관문을 너무 쉽게 허락한다.《문학의 시대》2집에 시 다섯 편이 실리고 시인이 된다. 그리고 쓴 시는 이후 두 편…… 시가 써지지 않았고 방황은 길어진다. 술을 입에 대기 시작했고, 자주 게워냈다. 전두환의 압정 때문에 곳곳에서 친구들이 사라졌고 나는 자주 울었다. 그냥 도서관에서 천천히 시집을 읽고 싶었고 고흐나 세잔의 화집을 사서 책꽂이에 꽂아두고 언제든 꺼내보고 싶다는 평범한 소망은 죄책감으로 부풀려졌다. 거리에서는 날마다 최루탄 냄새가 났다.

민족문학작가회의 간사로 일하다가 몇 달 만에 그만두고, 출판사 편집자로 들어갔다가 몇 달 만에 그만두고, 번역으로 생계를 이어가며 대학원에 진학한다. 그리고 한 학기 만에 등록금을 낭비하고 있다는 것을 자각하고 그만둔다. 가끔 누가 나이를 물으면 스물넷이라고 대답했는데 내가 왜 마흔둘이 아니라 스물넷이지, 스스로 의아했다. 백만 년쯤 세상을 살아버린 듯 모든 것이 지루하고 고통스러웠다.

시대의 압력에 밀려 스스로 공장으로 가서 노동운동에 참여하기로 결정한다. 그리고 떠난 공장에서 한 달 만에 해고. 우연히 들른 농성장에서 경찰에 체포되고 며칠 후 백여 명의 여자들 중 혼자, 정말 혼자, 넓은 유치장에 남는 경험을 한다. 책도 없고, 아무것도 없는 그 겨울. 먼지가 풀썩이는 담요를 뒤집어쓰고 추위에 이가 딱딱 부딪치게 떨며 스물넷의 여자가 혼자 앉아 아무것도 하지 않은 채 일주일을 보낸다.

그때 내 마음 깊은 곳에서 소설이라는 단어가, 최루탄과 경제학과, 끌려간 친구와 변사체로 발견된 친구와 고문 후유증으로 미쳐버린 선배의 괴로운 형상들을 뚫고 심연에서 솟아나와 찬 대기를 접하고는 머리를 부르르 떠는 푸른 용처럼 솟구쳐 오른다. 그것은 내 평생 처음 맞이해보는 전율 같은 희열이었다.

드, 디, 어, 나는 내가 무엇을 하고 싶은지 알게 된 것이다. 활이 과녁의 가장 붉은 심장부를, 그 심장 안의 심장인 검은 점을 한 치의 오차도 없이 정확히 꿰뚫듯 엄청난 기쁨이 솟아올랐고, 나는 망설이지 않고 돌진했다. 그리고 돌아와 소설을 쓴다. 공병우식 한글 타자기를 사용했는데 글이 써지는 것이 아니라 내 안에서 뭉텅뭉텅 각혈처럼 터져 나왔다. 타자가 빠른 내 손가락도 그 속도를 따라가기가 힘들어 몇 번을 내 가슴에게 '조금만 천천히 조금만 천천히' 주문해야 했다. 하루를 그렇게 앉아 있었는데 내 손에 120매짜리 단편이 들려 있었다.

《더 이상 아름다운 방황은 없다》《그리고, 그들의 아름다운 시작 1, 2》《무소의 뿔처럼 혼자서 가라》《고등어》《인간에 대한 예의》《미미의 일기》《상처 없는 영혼》《착한 여자 1, 2》

《봉순이 언니》《존재는 눈물을 흘린다》

이렇게 많은 소설들을 발표하고 내 이름이 널리 알려지는 것과 비례해서 통장의 잔고는 늘어갔다. 한편 그것과 반비례해서 내 인생은 나락으로 떨어지고 있었다. 나는 동물원에서 나고 자랐으나 겁도 없이 야생으로 탈출해버린 톰슨가젤처럼 무심한 정글의 잔인한 법칙에 상처 입고 다친다. 단련되어지고 피를 흘렸다. 내가 상처를 보여주면 얼마 후 그곳으로 공격이 시작되었다. 나는 점점 더 불안해지고 점점 더 숨고 싶어 하며 점점 더 사람을 두려워하기 시작한다. 모든 접촉에의 차단은 나에 대한 비난들을 누룩처럼 부풀렸고 내 특질과는 아무 상관없는 헛소문들이 내 귀에까지 자주 들려온다.

좋은 학교, 좋은 집안, 그럴듯한 외모, 젊은 여성, 이혼녀, 베스트셀러 작가.

이 반짝이는 모조구슬 같은 딱지들은 무대의상처럼 화려하고, 그 안에서 내 영혼은 썩은 내를 풍기며 곪아가고 있었다.

그런데도 쓰고 있는 나를 보며, '글은 피투성이 삶을 먹고 자라는 나무 같다'라는 생각에 전율했다. 인터뷰 중 심드렁한 목소리로 "언제든 글이 써지지 않으면 국숫집을 하고 싶어요. 저에겐 글보다 삶이 중요해요"라고 말했고, 잘난 척하는 여자의 표본으로 사람들에게 오르내렸다. 그렇게 입을 꼭 다물고 구두 소리를 또박또박 내며 걸어 나와, 나는 신경정신과를 찾아갔다. "더욱더 철저하게 혼자가 돼라"라는 처방을 받아들었으나 결국 그것조차 지키지 못하고 다시 삶의 격랑 속으로 흘러 들어간다. 그리고 나는 결국 글마저 놓아버린다.

칠 년의 시간이 속수무책으로 흘러간다. 친구들이 묻는다. "행복하니?" 나는 대답한다. "그럭저럭 괜찮아." 친구들은 고개를 갸웃한다. "그런데 이상해. 왜 글을 못 쓰니?" 친구들의 얼굴에서 나는 내 행복이 글을 쓰지 않으면 증명될 수 없다는 것을 깨닫는다. 그리고 그 말들이 나를 아프게 한 것을 보면 그것은 진실했다. 지독하게 우울한 시간들이 흘러간다.

담배 하나를 사러 50미터 떨어진 곳에 가면서 걸을 수가 없어 차를 가지고 간다. 아무도 만나지 않았고 아무도 더 이상 나를 찾지 않았다. 작가회의 문인 명단에 내 주소는 '행불'로 표시된다. 내 인생의 중세. 결국, 나는 화형 선고를 받은 마녀가 된 채로 모든 가진 것을 잃고 그곳에서 추방된다.

《별들의 들판》《우리들의 행복한 시간》《사랑 후에 오는 것들》《빗방울처럼 나는 혼자였다》《즐거운 나의 집》《네가 어떤 삶을 살든 나는 너를 응원할 것이다》《도가니》《아주 가벼

운 깃털 하나》《지리산 행복학교》

칠 년 동안 굳어버린 손가락은 원고지 한 매를 채우지 못하고 그대로 멈추어 선 채 공포에 질려 있다. 머릿속으로 소설의 모든 내용이 구상되어 있고 그것은 영상처럼 돌아가고 있는데 문장이, 문장이 써지지 않는다. 식은땀이 겨드랑이에서 뚝뚝 떨어져 내리고 머릿속이 하얗게 화이트아웃된다. 생애를 두고 단 한 번이라도 내가 글을 쓰지 못할 거라고는 상상해본 일이 없었다. 그 칠 년의 시간 동안 손에서 책을 떨어뜨려본 적도 없다. 그런데 한 문장을 써놓고 육 개월이 흐른다. 막 초등학교에 입학한 막내를 공부시킬 수 있을까 하는 공포가 엄습해와서 술이 없이는 잠들지 못한다. 빚은 날마다 내 머리 위에 얹혀 있고 이제는 소소한 생활마저 불가능해질지도 몰랐다. 미국에서 조카가 왔는데 탕수육을 시켜주지 못하고 자장면으로 대신한다.

세 아이, 세 번의 이혼. 쇠사슬처럼 무거운 생의 낙인들이 치렁치렁 내가 가는 곳마다 철렁거렸다. 아이들만 없다면 사막으로 도망치고 싶었다. 혹은 북극, 혹은 아프리카. 나는 사슬을 끌고 천천히 말도 안 되는 문장을 채워 넣었다. 이제는 국숫집을 차릴 자신도 없었다. 나는 무능한 이혼 여성일 뿐,

그 이상도 이하도 아니었다. 그나마 겨우 내가 할 수 있는 것은 한때, 라는 것을 믿고 왕년에, 라는 것을 믿고 글에 매달려 보는 것이었다. 내가 조금만 더 잘하는 것이 있어도 이렇게 되지 않는 일에 매달리지 않았으련만, 태어나서 책을 읽고 책을 쓰는 일 외에는 정말 아무 재주도 취미도 없었기에 어쩔 수가 없었다.

그렇게 100매를 쓰는 데 육 개월이 걸렸다. 나는 몰랐는데 그때 내 친구들과 문단의 사람들은 나를 보고 고개를 저었다고 했다. 안 돼, 라는 쪽에 패를 던지지 않은 사람이 없었다. 그런데 그렇게 힘겹게 육 개월이 지나고, 다음 단편이 두 달 걸려 완성되었다. 그래도 썼다. 나이가 어린 상사에게 시달리는 재입사한 기혼 여성들처럼 나는 나의 모든 비굴을 다해 글에 아부했다. 어쨌든 책상에 앉았다, 무엇이라도 썼다. 붓을 오래 놓은 화가가 데생이 되지 않듯 손은 서툴렀지만 중요한 것은 그래도 멈추지는 않았다는 것이다.

《별들의 들판》원고 마지막 부분을 쓰는데 감이 화아악!!! 올라왔다. 혼신의 힘을 다해 오래전 잃어버린 내 아이를 찾아낸 것 같았다. 그날 내가 좋아하는 사람들을 다 불러내 술을 샀다. 그리고 그들이 이해하든 말든 밤거리를 걸으며 외쳤다. "이제 써져. 이제 써진다구. 다시는 손을 놓지 않을 거야. 이제 처음 알았어. 글이 나라는 걸!!"

〈맨발로 글목을 돌다〉~

이렇게 글을 쓰고 있다. 행복하다. 아니, 글을 쓰는 한 나는 최소한 불행해지지는 않을 것이다. 글은 내 소녀 시절에 그랬던 것처럼 다시 내 스승이고 내 친구이며 고해신부이고 치유자이며 내 연인, 그리고 내 아이들이다.

꾸준히
꾸물거리다

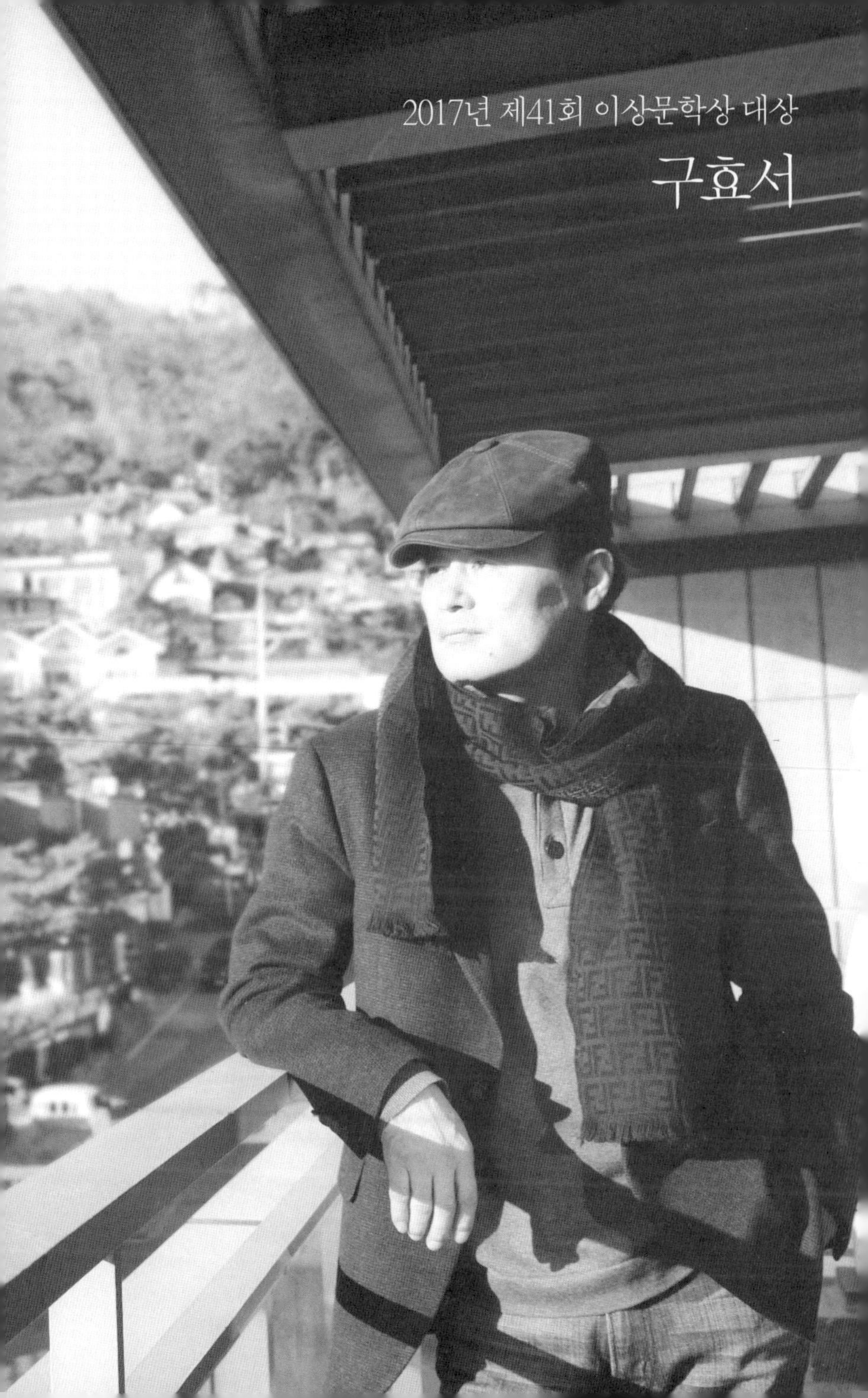

2017년 제41회 이상문학상 대상

구효서

오전 아홉 시에 출근한다. 오후 여섯 시에 퇴근한다. 내 집은 노원구 중계동이고 작업실은 공릉동이다. 삼천리호 자전거를 타고 출퇴근한다. 왕복 50분 거리다.

자전거를 타는 이유는 다리의 근력을 키워 무릎을 보호하기 위해서다. 일부러 언덕이 있는 길을 택한다. 오른쪽 왼쪽 모두 무릎수술을 했다. 한 번은 작업실 바닥에 걸레질하고 일어서다가 다쳤고, 또 한 번은 버스에서 내리다가 다쳤다. 지극히 일상적인 몸놀림이었지만 어느 순간 무릎에서 딱 소리가 났고 주저앉았다.

운동 부족이죠. 수술 전후로 의사가 한 말은 그것이 전부였다. 의사는 기분이 나쁜 듯했다. 문제의 원인이 명백한데 뭐더 붙일 게 있겠는가 싶었겠지. 얼마나 운동을 안 했으면 도무지 그 모양이었겠느냐는 거였겠지. 그래도 그렇지 의사라는 사람이 뚱하기는. 나도 속으로 부아가 났다. 환자한테 막

오버해도 되는 건가. 환자 없이 의사 있나?

근데 말을 못했다. 아이구, 의사 생각해서 다치셨어영? 의사가 그럴 것 같았다. 정형외과 의사한테 그런 말 듣기 전에 나는 이미 오래전에 신경외과 의사한테 똑같은 말을 들었었다. 운동 부족이죠. 어쩔 수 없이 디스크 수술을 했다. 내 건강을 염려하던 윤성근 시인의 따뜻한 독촉과 채근 덕이었다. 문학사상 직장 동료였던 그는 척추전문병원으로 나를 끌고 갔다. 그런데 시인은 정작 자신의 건강을 못 챙기고 일찍 세상을 떠났다.

다른 자전거도 아닌 삼천리호를 타는 것도 허리 때문이었다. 자전거 자체는 다리의 근력을 키우기 위한 거였지만 굳이 삼천리호였던 이유는 허리 때문이었다. 멋진 로드자전거나 산악자전거는 물론 하이브리드 같은 평범한 자전거도 엄두를 못 낸다. 하나같이 핸들바의 높이가 안장보다 낮다. 다 높여봐야 안장과 겨우 수평을 이루는 정도. 그런 자전거를 탔다가 허리가 도져 죽는 줄 알았다.

마침내 찾은 것이 삼천리호 자전거인데 이게 딱 좋다. 고향의 우체부가 동숙의 노래를 부르며 달리던 것과 똑같은 모델이다. 중학교 1학년 때 가방 걸고 도시락 싣고 코스모스 길을 달려 학교와 집을 오가던 것과 완전 똑같다. 그래서 좋은 게 아니라 어디까지나 핸들바가 안장보다 높아서. 디스크가 시원찮은 나에게는 안성맞춤이어서. 친구 이순원도 일찌감치 디스크(정확히는 요추간판탈출증) 수술을 했다. 양귀자 선생도 수술한 걸로 알고 있다. 돌아가신 박영한 선생도. 전수조사를 하면 훨씬 많은 소설가가 허리병에 시달린다는 걸 알게 될 것이다. 요즘 특위가 유행인데 소설가 요추간판탈출증 치료를 위한 특별위원회, 즉 '소요특위' 같은 건 안 생겨주나. 어쨌거나 그 소설가들도 다 의사에게 한마디씩 들었을까. 운동 부족이죠.

왜들 운동을 안 했을까. 내리 책상에만 앉아 있었을까. 몰라서 묻는 게 아니다. 너무 잘 알아서 묻는 거지. 뭉클하고 눈물겨워 묻는 거지. 왜들 책상에, 평생을, 꼼짝없이 붙들려만 있었을까. 무슨 질긴 마법이기에. 참 괴이쩍은 팔자도 다 있지.

매일 저녁 뱀장어를 백 마리씩 잡는 아버지가 김숨의 역작 〈모일, 저녁〉에 나온다. 하천에서 건져 올리는 게 아니라 뱀장어구이 식당에서 살아 있는 뱀장어의 목을 치고 껍질을 벗기는 일이다. 하루에 백 마리씩 매일. 함께 뱀장어를 잡는 아버지의 식당 동료 전 씨가 어느 날 꿈틀거리는 뱀장어를 움켜쥔 채 바닥에 쓰러져 숨을 거두기도 한다. 소설 속 오늘은 아버지가 집 베란다에서 전어를 하염없이 굽는다. 전어를 하염없이. 전어를. 그것도 알고 보니 대가리만을. 왜 그러는 걸까 화덕에 붙어 앉아서 아버지는. 몰라서 묻는 것이 아니지 않은가. 물론 그 괴이쩍은 반복의 시간을 썩 안다고도 할 수는 없지만. 소주를 사러 나간 아버지는…… 영 돌아오지 않는다.

나는 사람들이 제발 보지 않기를 바라는 자세로 자전거를 타고 작업실을 오간다. 다리의 근력을 키우되 허리에는 무리가 가지 않는 삼천리호 자전거 탑승의 자세가 어떨 것 같은가. 아무리 설명해도 모를 것이다. 한번 딱 보면 누구나 금방 아하, 하고 킬킬킬 웃겠지만.

그런, 지상에서 가장 구린 자세로 9시에 출근을 하고 6시에 퇴근을 한다. 하염없는 9-6 삼천리. 그런데 또 왜 꼭 나인 투 식스여야 할까. 직장인도 아니고, 내가 내 작업실을 오가는데. 자영업인데. 자영업인가? (예전 이호철 선생 세대의 작가들은 세율 적용 직업 세목에 소설가가 '일용잡직'으로 구분되었었다던가.) 하여튼 내가 내 맘대로 시간을 쓸 수 있는데(그러려고 전업 작가가 됐고 그러려고 좀 무리를 하여 작업실까지 갖게 된 것인데) 나는 '죽어라' 9-6원칙을 지키는 편이다. 이유를 대라면 어딘가 좀 슬퍼질 것 같아 머뭇거리게 되지만 실은 그 얘기를 하려고 공연한 삼천리호 자전거까지 꺼내 탄 것이니 되는 대로 살살 짚어보자.

9-6을 지키려 함은 9-6을 잊기 위해서다. 이걸 어떻게 설명하면 좋으려나. 나는 매일매일 9시에 출근하고 6시에 퇴근한다. 하염없이 그리한다. 죽어라 그리한다. 그러면 나는 슬슬 9-6을 잊게 된다. 매일 듣는 똑같은 잔소리는 하나마나한 소리가 되는 것과 같은 이치랄까.

자전거 얘기가 나왔으니 자전거로 얘기해보자. 자전거를 배울 때는 자전거가 탱크처럼 크고 무섭고 위험했는데, 그래서 주체할 수 없었는데, 자전거를 잘 타게 되면 자전거가 내 맘대로 움직여주어서 결국엔 자전거의 존재감을 전혀 못 느끼면서 상쾌한 봄 길을 맘껏 내달릴 수 있지 않은가. 컴퓨터 자판을 익힐 때는 더디고 헷갈려서 머릿속의 문장이 제대로 모니터에 적히지 않고 훼방을 당했는데 익히고 나면 자판은 물론 손마저 사라져서 맘먹은 문장이 신기하게도 곧장 모니터에 딱딱 뜨지 않던가. 이럴 때 자전거나 자판은 잊히고 사라지는 거라고 할 수 있지 않을까. 그래서 그것들은 나를 구속할 수 없는 거라고. 스스로 열심히 구속당해 구속을 이겨먹는 거라고도 할 수 있겠지. 피아노 배우기도 그런 것. 9-6을 지키려 함은 9-6을 잊기 위함. 이렇게만 말해도 어련히 알아들을까마는 실냥이 참 쓸데없이 과했다.

시간으로부터 자유롭기 위해 시간을 지킨다는 말이 그러나 썩 멋져 보이지는 않을 것이다. 어딘가 구린 냄새가 날 듯. 나도 켕기는 구석이 있으니까. 내가 9-6을 지키려는 것은 꼭 그런 이유 때문만은 아닌 거니까. 슬퍼질 것 같다고 말한 까닭이 여기에 있다. 별로 밝히고 싶지 않은 나를 더 말해야 하니까.

최근에 들어서야 나는 나 자신에 대해 게으른 인간이 아니라는 판결을 가까스로 내렸다. 하지만 무던히도 꾸물거린다는 지적으로부터는 아직 한 발짝도 피할 수 없다. 나는 지금껏 꾸준히 꾸물거려온 것이었다. 부지런하게도 꾸물거려온 것. 어쩌면 맹렬하다 할 정도로. 그러니 게으른 건 아니지. 이런 궤변을 정당화하기 위해서는 하염없는 9-6 삼천리가 화려강산이라도 돼야 하는 것.

내버려두면 종일 꾸물거리기만 할 거니까 스스로 만든 원칙을 오지게 거는 것이다. 9시 출근, 6시 퇴근, 무조건. 안 그러면 집을 나설 때부터 운동화를 신을까 샌들을 신을까 꾸물럭거린다. 하염없이 해찰을 부린다. 길을 가다가 어? 박태기가 피었네. 피었어. 대체 저걸 무슨 색깔이라 해야 좋을까. 굳이 딴 이름 붙일 필요 있어? 박태기 색깔이지. 다가가 기웃거리고 만져보고. 이쁘다. 그러다 뭔 나비라도 흰 마리 보면 그

걸 언제까지고 눈으로 뒤쫓는다. 쟤는 왜 혼자지? 원래 나비는 혼자였던가. 이런 도회에 무슨 나비가. 박태기도 꽃이니까? 꽃이지. 어쩌면 쟨, 음, 왕따일지도 몰라 저 나비. 동화적 감성은 젬병이면서 그런 궁금증을 유치하게 언제까지고 연쇄시켜 간다. 말하자면 하염없이. 그러니 누구에게도 나는 꾸물거리는 사람으로 뵈는 거지. 진짜 꾸물거리는 거니까.

이런 내가 참 딱하면서도 아직 버릇을 버리지 못하고 있다. 대여섯 살이었던 해 고향 마을에서 뭔 큰 굿을 했다. 굿이 끝나고 시루떡을 나누어주는데 줄을 설 줄 몰라서, 다른 애들처럼 대들어 타낼 줄 몰라서 시루떡을 못 받아먹고 집에 와 펑펑 운 적이 있었다. 우는 것도 그 자리가 아닌 집에 와서야. 아직 지워지지 않은 상처라 환갑이 되어서도 주접스럽게 그 애기다. 떡 받은 애들은 얼마나 맛있었을까. 남석이 그 새끼는 떡 못 받은 나를 눈곱만큼이라도 생각했을까. 하기는, 코딱지만큼도 생각 안 했으니 혼자 처먹지. 좋아. 나중에 너도 국물도 없어. 아, 난 언제나 애들을 제치고 떡을 받지. 난 왜 이래?

원망과 반성을 이불 속에서 이어나갔는데 그게 웬만해서는 그치지 않았다. 몇 시간이고 계속됐다. 나중에는 없던 사실까지 만들어 붙여서 친구를 한껏 미워하고 혼자 흥분하다가 너무 미워하는 것 같아서 결국엔 친구와 화해하고 함께 연

자매만 한 떡 덩어리를 사이좋게 뜯어먹는 꿈을 꾸었다.

박태기꽃을 보거나 나비와 마주치거나 갈림길을 만나거나 떡을 못 받거나 설령 받았더라도 나는 예외 없이 구시렁거리고 꿈지럭거렸다. 다시 말해 아무 때나 무슨 일에든. 꾸준히, 안 게으르게, 맹렬하게.

그러는 사이에 소설이 슬며시 끼어들었던 건 아닐까. 혼자 하는 긴 원망과 반성, 하릴없는 궁금증, 고의적인 음해, 상상을 넘어선 망상, 일방적인 착각과 환멸, 이 상시적이고도 꾸준한 꾸물거림의 수풀 사이로 소설이 비단뱀처럼 흘러든 것은 아닐까. 그렇다면 꾸물거리는 것이 허비가 아닌 생산일 수도. 소설의 경우라면 충분히 그럴 수 있는 것?

꾸물거림을 그저 벽癖으로만 알았는데 언젠가부터 나름 괜찮은 벽일 수 있겠다 하여 나의 꾸물거림에 처음으로 이름을 지어주었다. 유벽猶癖. 멋지지 않나. 유예부결猶豫不決의 버릇. 그러고 보니 여유당 정약용의 '유'도 같은 '유'.

나는 영화를 아주 이상하게 본다. 주인공이 연인과 함께 길모퉁이를 돌아 불야성의 대로로 접어드는데 나는 조금 전 연인 곁을 스쳐 어두운 건물 안으로 들어서던 행인이 궁금하다. 자꾸 궁금하다. 코트 깃을 올리고 약간 비틀거리며 그림자처럼 건물 안으로 스며든 메마른 사내. 그럼사처럼일 수밖에.

엑스트라도 아닌 정말 그냥 행인 같았으니까. 그런데도 계속 궁금하다. 사내가 건물 안에 들어가 처음 만난 사람은 누구일까. 여자일까. 좀 뚱뚱하고 푸른 옷을 입은 여성? 어쨌거나 그녀에게 인사도 없이 사내는 창가로 빠르게 다가간다. 창밖에는 조금 전 모퉁이를 돈 두 연인이 대로로 접어들고 있다. 그러고 보니 사내가 위치한 곳은 2층. 물론 이런 장면은 영화에 없다. 상상하며 꾸물거리는 동안 영화는 진행되어 앞으로 쑥 가버린다. 그렇게 내가 보는 영화는 뚝뚝 끊어져 뒤죽박죽이 된다. 그렇다고 영화를 반드시 다시 보는 건 아니지만, 이런 식이기 때문에, 내가 본 영화들은 영화에 없는 장면들을 아무렇게나 포함한다. 소설이라고 다를 바 없다. 읽는 게 너무 느려서 지친다.

일테면 기 헬밍거의 〈겨울〉을 읽는다. 괄호 밖은 소설 원문. 괄호 안은 잡생각.

남자가 현관문을 열어놓은 채 집 안으로 몇 걸음 걸어 들어왔다.(카키색의 목재일 거야 현관문은. 그럴 거야. 그런 게 어울릴 거야. 나이테와 나이테 사이의 간극이 먼 아열대 식물의 단면. 그런 거. 가로로 켜지 않고 큰 톱으로 세로 방향을 따라 아마도 어슷하게 빗겨 켰을 테니 나이테의 문양은 어쩌면 파문. 파도의 무늬? 카키색을 누가 카이감 밑을 흐르는 불빛이라고 했던가. 유래가 그건가. 누군 힌두어라던데. 페

르시아어? 흙먼지란 뜻이랬던가. 열어놓은 현관문 밖으로 부인을 질질 끌고나가? 남자가 그럴 것 같아. 걸어 들어오는 남자의 걸음걸이가 어째 접질린 개의 걸음이야. 어딘가 온전치 않아.) 그제야 남자의 얼굴을 알아볼 수 있었다.(이웃 따위는 재미없어. 뒤끝 있게 헤어진 첫 남자를 20년 만에 만나는 거지. 돈 관계 말고. 사랑 말고는 무엇으로도 해결되지 않는 관계인데, 음, 회복할 수 없는 거야 저 둘은. 남자의 몰골을 봐. 아주 결정적 증거를 갖고 남자는 여자를 고문할 거야. 야한 학대? 하, 안 돼. 제발. 지겨워 그런 건 이제. 여자를 얌전하게 대해줘. 문은 계속 열려 있는데 행인은 없는 건가. 고립된 주택인가.) 깨끗하게 면도된 턱과 약간 슬픈 눈빛이 눈에 띄었다.(턱이 깨끗하다고? 근데 눈빛이 슬프다? 백인. 푸른 턱. 곱슬머리. 눈이 커. 푸르고 깨끗한 턱으로 슬픈 눈빛을 하고 있으니 성 안의 중급 관리쯤? 하급이 아니라 중급이야. 법률 대리인. 응. 이 여자는 엄청난 상속녀가 되는 거구나.)

이렇게 멋대로 읽는다. 나는 하루에 장편소설 한 권을 읽는다는 사람을 통 믿지 않는다. 나는 버스를 타려고 뛰어 본 적이 없다. 군대에서도 선착순은 언제나 맨 꼴찌. 꾸물거리니까. 소설 20페이지를 읽으면 두 시간 쉬어야 한다. 두 가지 일을 동시에 하면 뇌가 접질린다. 엉켜서 일을 망치고, 원상회복하는 데는 망칠 때까지 걸린 시간이 고스란히 또 든다. 카톡과 내비게이션을 안 쓴다. 어딜 찾아갈 때도 종이 지도를 보는데 운전 중에는 보지 않는다. 갓길에 정차하고, 안경을 찾아 쓰고, 볼펜을 꺼내들고, 꾸물꾸물 낡은 지도를 척 펼친다. 한숨을 쉬고. 까짓 거 노래라도 부르면서. 하늘은 푸르고 애들은 잔뜩 불만인데 어디서 뜸부기 소리 같은 게 들린다. 논두렁을 꼬나본다. 뜸부긴데. 뜸부기가 뭔데요? 새. 새가 논에 살아요? 뜸부기. 뜸부기를 카빈총으로 쏘아서 살은 다 흩어지고 껍데기 털가죽만 남았던 뜸부기. 고향 조 순경은 순경인지 농부인지. 중뿔나게 카빈총만 들고 다녔지. 뜸부기 뭐먹을 게 있다고 쏴 그걸. 오래된 얘기네. 돌아가셨을 거야 조 순경도. 새가 논에 사냐구요? 뜸부기니까. 아, 진짜.

고쳐지지 않는 유벽에 허담증. 그 꾸준한 꾸물거림과 중얼거림이 내 소설을 만들어왔다고 믿고 싶다. 그래야겠지. 그래야 내 삶의 많은 수수께끼들이 풀릴 둥 말 둥 하니까. 못 말리게 굼뜬 내가 그나마 겨우 정당화 비슷한 걸 얻을 수 있을 테니까. 아니어도 그만이겠지만 여기가 그런 말 하라는 자리니까. 잡생각들은 잡생각답게 순서 없이 뒤죽박죽 쓸모가 없지만 그래도 모아놓으면 나름 양도 꽤 되고 나에게는 소중하고 찬란해 뵈는 구석이 있다. 소설이란 쓸 데 없어 보이는 것들이 쓸 데 있는 것이 되는 현장인지도 모른다. 나같이 천성적으로 ╬불거리기만 하는 사람도 30년 넘게 무언가를 부지런히 만들어내게 하는 현장. 좋다.

그러려면 세상없어도 9시에 출근해서 6시에 퇴근해야 한다. 그러지 않으면 쌓이는 것들은 그냥 쌓이는 것들에 지나지 않을 테니까. 작업을 해야지 작업. 하염없는 9-6 삼천리가 그래도 뭔 구실이라도 얻으려면 꾸물댈 때 마냥 꾸물대더라도 에멜무지 기이한 자세로 '작업실' 가는 자전거를 멈추게 해서는 안 되겠지.

용서를 비는
글

2008년 제32회 이상문학상 대상

권여선

'피 묻은 빤쓰짝'과 어머니

나는 언젠가부터 잘 울었다. 울면서 늘 억울하다고 느꼈다. 억울함이란 무엇인가. 상대에게 나를 표현할 수 없다는 무능, 내가 이해받지 못하리라는 체념. 결국 언어와 소통의 문제다. 억울해하다 보면 비굴해졌다. 내 머리는 눈물을 혐오했지만 내 눈은 늘 울고 있었고 주먹은 가슴을 치고 있었다.

어머니는 내가 언니들 어깨너머로 한글을 깨쳤다고 이웃들에게 자랑하곤 했다. 글만 그런 것이 아니었다. 말도 그렇게 깨쳤다. 막내들은 모방의 귀재들 아닌가.

젊고 예절 바른 어머니는 밥을 먹기 전에 딸들에게 감사 인사를 하도록 가르쳤다. 내가 아직 말을 제대로 못하고 낯도 심하게 가릴 때의 일이다. 어느 날 낯선 장신의 남자가 우리 집에 나타났다. 나는 숨이 넘어가게 울었고 그 남자는 무척이나 슬픈 표정을 지었다. '아버지'라는 단어는 그렇게 왔다.

밥상이 차려졌고 온 식구가 일 년 만에 둘러앉았다. 어머니의 중재로 아버지와 조심스레 낯을 익힌 나는 어느새 그의 무릎 위에 앉아 있었다. 언니들이 숟가락을 들기 전에 입을 벌려 외쳤다.

"감사히 먹겠습니다!"

아버지의 눈에 이 광경이 얼마나 기특하고 아름답게 보였을 것인가. 나도 뭔가를 해야 했다. 어머니는 내가 그때 '쩨에에'인지 '께에에'인지 모를 괴성을 내질렀다고 했다. 아버지에게 건네는 나의 첫인사였다. 한 달 뒤 아버지는 바다로 떠났다. 아버지는 소위 '탱카'라고 하는 유조선을 탔다. 집에 있는 내내 나를 무릎에서 내려놓지 않았던 아버지가 홀연 떠나버린 후 내가 무엇을 느끼고 어떻게 변했는지는 모르겠다. 다만 더 이상 '쩨에에'도 '께에에'도 하지 않았다.

억울함이란 뭘까. 상대가 나를 단죄하려 한다는 피해 의식, 그러나 그 단죄의 이유를 알 수 없다는 아득함. 상대를 읽을 수 없으니 이를테면 난독증과 비슷한 감정이다. 난독증은 내 평생의 지병이다.

엄격하고 단정한 어머니는 딸들에게 엄마라는 호칭을 허락하지 않았다. 어머니는 어머니로 불리고자 했다. 중학교 때 친구들과 놀다가 늦을 것 같다는 전화를 어머니에게 걸었을 때 나는 비로소 알았다. '어머니'라는 호칭이 계모를 떠올리게 한다는 사실을.

어머니는 딸들이 사춘기에 접어들자 자기 빨래를 스스로 빨아 입는 훌륭한 버릇을 길러주기 위해 살짝 수치심을 자극하는 방법을 썼다. 즉, '피 묻은 빤쓰짝'을 내놓는 것은 매우 온당치 못하다는 사실을 딸들에게 누누이 일렀던 것이다. 교복 칼라나 실내화, 스타킹, 속옷 따위는 각자가 빨아야 했다.

어느 날인가 어머니가 어떤 심부름을 시키기 위해 내 이름을 오래 불렀나 보았다. 나는 늦게야 그 소리를 알아듣고 어머니에게로 뛰어갔다. 어머니는 이웃 아주머니들과 함께 있었다. 어머니는 이웃들 앞에서 내가 어디서 무엇을 하느라 그토록 오래 불러대는데도 오지 않았느냐고 문책했다. 어머니뿐 아니라 이웃들까지 내가 어머니의 부름을 듣고도 일부러 오지 않았다고 생각하는 듯했다. 그건 사실이 아니었다. 물소리 때문에 듣지 못했다. 나는 누명을 벗기 위해 다급한 말투로 외쳤다.

"피 묻은 빤쓰짝 좀 빠느라고요, 어머니!"

그러지 말았어야 했다. 어머니의 방법을 어머니에게 되돌려주어선 안 되었다. 내가 적어도 어머니의 친딸이라면 말이다.

반듯하진 못해도 똑똑하면 되지 않을까

억울함은 무엇인가. 상대가 원하는 것을 내가 주지 못하리라는 불안감, 결국 상대의 마음을 얻기는 영 틀렸다는 절망감. 툭하면 울기나 해서는 결코 나는 아버지와 어머니의 제대로 된 막내딸 노릇을 해낼 수 없었다. 그러나 적합하지 않은 역할을 맡은 배우처럼 그 역을 잘 해내지 못할 것이 불 보듯 뻔한데도 무대에서 내려올 수는 없었다.

내가 소녀적 취향에 깊은 애증을 품게 된 것은 아마도 그래서였을 것이다. 중학교 시절 나는 M이라는 예쁜 친구를 좋아했고 우정을 갈구하는 열렬한 편지를 보냈다. 그녀 또한 내게 제법 살뜰한 답장을 보내왔다. 나는 그녀와 이 년 이상 편지를 주고받았는데, 그 내용은 순전히 뜬구름 잡는 얘기들뿐이었다. 마치 하루 스물네 시간을 오직 그녀만을 생각하고 그리워한다는 식의 문장들로 가득 찬 편지를 보내는 동시에 나는 학교에서 그녀를 만나면 껄렁한 태도를 취하며 아는 척도 하지 않았다. M은 곧바로 원망의 편지를 보내왔고 나는 그녀를 달래기 위해 온갖 소설책을 뒤져 미사여구를 훔쳐내곤 했다. 막내들이란 모방을 넘어 도용의 귀재 아닌가.

죽도 밥도 아니었다. 아버지와 어머니가 원한 것은 반듯하고 똑똑한 아들 같은 딸이었는데, 나는 실국 삐딱하고 성마른 소년 같은 소녀가 되어 있었다. 그나마 다행스러운 것은 시도 때도 없이 질질 짜는 일을 그만두었다는 것. 세상천지에 억울할 것도 안타까울 것도 없다는 식의 건들거림을 콧김처럼 식식 내뿜고 다녔다는 것. 담임에게 대들어 뺨을 맞고 수학 선생의 새 구두에 물을 부어 또 뺨을 맞았다. 그때마다 M은 내게 슬픔과 탄식과 위로의 편지를 보냈는데, 내가 뺨을 맞으며 노린 것은 아마 그런 달콤함이 아니었을까.

내가 살아온 중에 가장 이해할 수 없는 시절이 있다면 고등학교 때일 것이다. 고등학교 때 나는 처음 시를 썼고 기타를 배웠다. 두 갈래로 얌전히 땋아야 할 머리에 집시파마란 걸 하고 노는 친구들과 어울려 춤을 추러 다녔다. 맥주를 마셨고 담배를 피웠다. 이상한 종류의 겉멋이 나를 사로잡았던 시절이었다. 지금 돌이켜보면 내가 그 일탈을 즐겼던 것 같지는 않다. 금지된 향락의 장소에 있다는 사실 자체를, 나는 어쩌면 견뎠던 것이리라. 그래서 늘 나른하고 피곤했다.

그 당시 강남의 여고에선 교련 선생이 파마머리를 색출하기 위해 분무기로 학생들의 땋은 머리 꼬랑지에 물을 뿌리고 돌아다니는 진풍경이 벌어졌다. 나는 교련 선생에게 붙잡혀 머리를 잘렸다. 나는 문예반에서는 '얼음 깨기' 같은 해괴한 제목의 시를 썼고 교련실에서는 날린 앞머리를 얌전히 기르고 파마를 즉시 풀겠다는 반성문을 썼다. 내 반성문은 교련 선생을 어느 정도 만족시켰다. 내가 쓴 반성문은 나만의 반성문이 아니었다. '자식의 우행을 바로잡지 못해'로 시작하는 어머니의 반성문도 내가 대신 썼다. 죄송한 마음은 들지 않았다. 나는 어머니가 바라는 것 중 제일 중요한 한 가지만 해드리면 된다고 생각했다. 품행은 표로 나오지 않았지만 성적은 표로 나왔다. 반듯하지는 못해도 똑똑하면 괜찮지 않을까 생각했다. 교련 선생과 달리 어머니는 결코 내 성적표에 만족하지 않았다. 더 높은 잣대를 제시하지 않으면 내가 자칫 해이해질지 모른다는 우려에서였다. 내 성적이 좋아질수록 행실은 더욱 엉망이 된다는 걸 어머니는 몰랐다. 내가 대학에 입학하기 전까지.

글로써 구하는 용서

대학에 들어가서 새롭게 해볼 것은 연애 정도밖에 없으리라고, 나의 조로한 정신은 생각했다. 80년대 대학가를 도통 모르고 내린 미숙한 판단이었다. 그토록 파괴적인 충동으로 충만했던 시절을 나는 아직도 어떻게 기억해야 할지 모르겠다.

대학 2학년이던 어느 날 아침 어머니가 내 방에 들어와 나를 깨웠다. 어머니의 손에는 가위가 늘려 있었다.

"나는 네가 미친 것 같다. 이렇게라도 해야 너를 집에 가둬둘 수 있겠다."

나는 어머니에게 붙잡혀 머리를 잘렸다. 어머니는 딸 셋의 머리를 오륙 년 넘게 일자 단발로 잘라온 수준급 실력이었는데, 그날만은 빼어난 솜씨를 감추고 쥐가 파먹은 모양으로 내 머리를 썩둑썩둑 잘라놓았다. 어머니가 잘린 머리카락을 버리러 간 동안 나는 가출했다.

언제부터 내가 다시 울게 되었던가. 언제부터 내가 다시 억울하다는 느낌에 가슴을 치고 그릇을 깨고 몸을 함부로 굴리게 되었던가.

어느 새벽, 나는 낯선 거리에서 도망치고 있었다. 바로 코앞에 무엇인가 쏜살같이 스쳐 갔고 발등 위로 육중한 것이 지나갔다. 급정거한 트럭 차창에서 튀어나온 운전사의 얼굴 위로 두려움과 분노와 혐오가 순차적으로 지나갔다. 그의 말도 표정에 상응했다.

"괜찮아요? 아이, 씨발! 미친년 아냐?"

트럭은 가버렸고 나는 차도 한가운데 서 있었다. 그때 나는 내가 그 자리에서 죽었어야 한다고 생각했다. 간발의 차이로 죽지 못한 게 억울해 가슴을 탕탕 쳤지만 나는 여전히 나 자신밖에 모르는 어린애였다. 내 죄와 상처, 내 설움밖에 몰랐고, 내 죽음밖에 생각하지 않았다. 타인의 죽음을 배우는 건 지난한 일이었다.

첫 책《푸르른 틈새》를 낼 때 글은 내게 푸르른 창이었다. 그 틈새로 빛이 쏟아져 들어와 짓무른 내 눈가를 말려줄. 그러나 그 창은 너무 좁았다. 두 번째 책《처녀치마》를 낼 때 글은 내게 자그마한 동굴이었다. 자궁처럼 아늑하지만 너무 오래 그 어둠에 익숙해져서는 안 되는. 그 동굴을 빠져나와 세 번째 책《분홍 리본의 시절》을 낼 때 글은 내게 울음이었다. 희미하지만 그들이 보였다. 내 눈을 빌려 울고 내 주먹을 빌려 가슴을 치는. 그러니 나는 다시 울어도 괜찮지 않을까. 글을 쓰니까 용서받을 수 있지 않을까.

나는 이제 더 이상 괴성을 지르지 않고 겉멋도 부리지 않고 그릇도 깨지 않는다, 고 쓰고 싶다. 농담을 하고 나물을 무치고 윙크도 하면서 찬찬히 늙고 있다, 고 쓰고 싶다.

아니, 아니다. 모든 게 여전하다. 나는 다만 글을 쓸 뿐이다. 여전히 억울하다. 억울해서 울지만 그래도 나는 글을 쓴다. 이보다 더 끔찍한 축복이 어디 있는가. 나는 글을 쓴다. 가끔 발광을 한들 어떤가. 나는 글을 쓴다. 나는 잊지 않는다. 나는 글을 쓴다. 그러니 부디…… 용서하라.

운명적 짝사랑,
소설을 향한 집념

2002년 제26회 이상문학상 대상

권지예

불면증에 시달리던 아이

왜 그리 어린것이 밤마다 불면증에 시달렸을까. 아홉 살이나 열 살쯤? 나는 한번 불면증에 걸리면 며칠을 시달리곤 했다. 원래부터 선병질적인 약한 체질을 타고나, 할머니는 틈만 나면 내 원기를 돋워주려고 지네닭을 해 먹이셨다. 어디서 구하셨는지 한지로 말아 놓은 쌈지엔 어른 중지보다 더 큰 말린 지네들이 들어 있었다. 밤에 잠을 제대로 못 자서 그런지 낮에는 두통에 시달렸다. 그러자 소골을 먹어야 낫는다며 소골을 구해다 먹이시기도 했다.

골골하기 짝이 없던 집안의 맏딸이었던 나는 이렇게 어린 시절부터 엽기적인 음식에 시달려야 했다. 그러나 영악한 나는 그 점을 잘 이용할 줄 알았다. 문을 걸어 잠그고 두 끼만 굶어버리면 집안에서 뭐든지 내 뜻대로 모든 것을 관철시킬 수 있었다.

나는 직업 군인인 아버지를 따라 두 돌이 지나서는 태생지인 경주를 떠나 강원도와 경기도 지방을 전전하며 살았다. 초등학교 1학년 말, 서울에 정착하게 되기까지 무려 열네 번이나 이사를 했다고 한다. 그래서였을까. 집 안엔 장식품류나 책이 별로 없었다. 서울로 이사해서 어느 날 아버지에게 책이 갖고 싶다고 말했더니 책을 선물로 사오셨는데 만화책이었던 걸로 기억된다. 그 때문인지 나는 초등학교 저학년 시절의 방과 후엔 만화방 죽순이로 지냈다. 낙천적이고 호방한 성격의 아버지는 전축에 음반을 걸고 음악을 크게 듣는 걸 좋아하셨다. 그래서 집 안엔 음반은 제법 많았는데, 남진이나 이미자, 배호, 문주란, 은방울 자매에서부터 장소팔과 고춘자의 만담판까지 당시의 유행하는 음반이 넘쳐났다. 하도 듣다 보니 그들의 창법을 나름대로 익히게 되어 성대모사를 꽤 잘하는 수준에 이르렀고 만만한 사람들 앞에서 '끼'를 발휘해보기도 했다.

어머니는 내가 아주 어릴 때부터 광적으로 라디오 연속극을 좋아하셔서 어린 나도 저녁만 먹으면 배를 깔고 엎드려 라디오에 귀를 모으곤 했었다. 서울로 이사 와서는 나를 데리고 극장에 자주 가곤 히셨다. 물론 텔레비전이 생기고 난 후에는 드라마에 빠지셨다.

밤마다 영화를 찍던 아이

이런 분위기 때문인지 나는 책 읽기보다는 영화나 연속극의 스토리, 트로트 가요의 가사에 내 상상력의 뿌리를 박았는지도 모르겠다. 그러니 요즘 같은 인터넷도 없는 그 시대에 잠이 안 오는 긴 밤을 나는 이것저것 공상을 하면서 지새웠다. 그러다 점점 머릿속에 영화 장면처럼 이미지와 스토리를 만들어가는 재미에 푹 빠져버렸다. 사춘기로 접어들면서 내용도 점점 에로틱해졌다. 내 상상력의 행보를 쫓아가는 게 너무 신기하고 즐거워 스르르 잠이 오려 하면 오히려 눈꺼풀에 침을 묻혀 잠을 깨워 스토리를 이어갔다.

텔레비전의 드라마나 영화에서 본 어떤 잊히지 않는 이미지 하나를 가지고 나는 새벽녘까지 이야기를 다듬어가며 머릿속에 스크린을 치고 영화를 돌리는 것이다. 어떤 한 이미지에서 출발한 몽상이 육화된 스토리를 얻는 데는 꼬박 일주일 밤이 걸리기도 했다.

예를 들면, 당시 한 모라는 가수의 '눈물의 웨딩드레스'란 노래를 들었다고 치자. "당신의 웨딩드레스는 정말 아름다웠소. 우리가 지난날 만난 것도 이제와 생각하니 사랑이었소……" 가수의 감미로운 목소리와 가사를 들으며 내 머릿속에는 이루지 못한 사랑의 주인공들이 벌써 주연 배우로 자리를 잡게 된다. 첫 장면은 결혼식장에서 웨딩드레스를 입은 옛 사랑을 쓸쓸히 쳐다보는 남자의 눈빛에서 시작된다.

만약 그날 신문에 실린 최인호 작가의 《별들의 고향》 연재분에서 경아와 문오가 목욕탕에서 성교하는 장면을 읽었다면, 나는 일찍 잠자리에 든다. 오직 그 장면에 탐닉하기 위해 젊고 아름다운 청춘남녀를 만들고 그들의 사연을 유치하지 않게 나름대로 치밀하게 구성하는 것이다. 지금 생각하면 성욕의 대리 충족이라 할 수 있겠지만 나는 단 하나의 키스신도 함부로 낭비하진 않았다. 키스를 하고 사랑을 하기까지의 가슴 떨리는 과정을 오히려 즐겼는지도 모른다. 내 주인공들이 질탕하게 성교를 하거나 사랑을 나누고 나면 그만 이야기가 시들해지고 엉성하게 결말을 낸 채 잠이 들곤 했으니까 말이다.

이런 몰입 상태는 가끔 일상생활에 지장을 주기도 했다. 초등학교 3학년 때던가. 등굣길에서 가게의 나무 덧문 위에 붙여 놓은 영화 포스터들에 정신이 팔려버렸다. 선 자리에서 포스터 속의 김지미와 허장강과 신영균을 한데 묶어 머릿속에서 또 영화를 찍다 학교로 가보니 벌써 첫째 시간이 끝난 뒤여서 선생님에게 호된 꾸지람을 들었던 기억이 있다. 중학생이 되어서도 특히 시험공부에 지친 늦은 밤, 나는 휴식 삼아 잠깐 눈을 감고 머릿속에 스크린을 만들어 영화를 돌리다가 새벽까지 헤어 나오지 못해 시험을 망친 적이 부지기수였다.

그러나 나는 대체로 남들 눈에 범생이로 비쳤다. 이렇게 머릿속으로는 온갖 발랑 까진 발칙한 상상에 시달리면서도 공부를 꽤 잘했다. 발표와 진지한 질문을 자주 해서인지 중학교 시절 선생님들은 나를 '권 교수님'이라 부르곤 했다.

여고 시절, 저 상 받으면 죽어도 원이 없을 것 같았던 이상문학상

여고 시절은 특별했다. 내가 평생 글을 쓰며 살고 싶다는 생각을 처음으로 하게 된 계기가 생겼기 때문이다. 1학년 때 나는 전통이 있고 수준 높은 교내 신문 《숙란》지의 기자 모집에 응시했다. 마침 문화적 열등함에 부끄러움을 느끼던 차에 공부 이외에 뭔가 나를 계발하고 싶다는 생각을 절실하게 하던 때였다. 경쟁률도 치열했는데 그 이유는 《숙란》 기자는 특별대우를 받았기 때문이었다. 배지는 많았지만 오직 펜촉이 디자인된 《숙란》 배지만 흰 칼라 위에 달 수 있고, 금단의 성城인 남학교를 마음대로 드나들 수 있다는 매력이 대단했다. 필기시험과 글쓰기 시험, 면접 과정의 치열한 경쟁을 뚫고 나는 꿈꾸던 기자가 되었다.

또 다른 계기는 그해 교내 백일장에 참가하여, 수필 부문에서 3등을, 콩트 부문에선 장원을 한 것이었다. 난생 처음으로, 글짓기를 하며 상다운 상을 타본 것이다. 신문에 내 사진과 작품이 실리자 나는 금방 글 잘 쓰는 아이로 전교에 소문이 났다.

백일장의 제목은 '창', '눈', '손'이었는데 나는 감전을 일으키듯 '손'이란 제목을 선택해 일필휘지로 써내려갔던 것이다.

백일장이 있기 얼마 전 바로 밑의 여동생의 서랍을 우연히 뒤지다 만화 묶음 노트 밑에서 그 애의 문집을 발견했다. '하얀 날개'라는 제목이 붙여져 있었다. 동생은 아이큐가 140이 훨씬 넘고 나와는 달리 놀기만 해도 척척 1등을 하는 아이였다. 하지만 그 애가 몰래 콩트니 소설이니 시니 하고 원고지에 써 묶어놓은 것을 보자니 놀랍고도 두려운 묘한 감정을 느꼈다. 이상하게 깊은 울림이 느껴지는 글들이었다. 남자처럼 덩치 크고 착해 빠진 그 애를 놀려 먹고 부려먹고 했지만 그 애가 나보다 더 지적으로 우월하다는 건 나도 잘 알고 있는 사실이었다. 동생의 문집 속에서 '육손이 엄마'라는 동화를 읽게 되었다. 손가락이 하나 더 붙어 아이들의 놀림을 받는 엄마를 둔 아이가 어떻게 엄마를 사랑하게 되는지를 재미있게 선개시킨 작품이었다.

손가락이 하나 더 달린 '육손이'의 이미지는 너무 강렬해서 계속 내 뇌리를 떠나지 않았던 차에 마침 백일장 시제가 '손'이라니! 나는 가여운 '육손이 엄마'를 주인공으로 영화를 찍듯 머리에 떠오르는 장면을 정신없이 엮어 콩트를 써냈다.

백일장 이후, 나는 동생과 내가 필생의 문학적 라이벌이 될 거 같은 생각과 남들의 기대 때문이었는지 틈만 나면 도서실에서 책을 대출해서 읽었다. 한국문학과 세계명작들을 읽기 시작했는데, 그 당시 특히 나를 사로잡았던 작가는 헤르만 헤세였다. 《데미안》이나 《지와 사랑》, 《유리알 유희》 같은 책에 빠졌다.

또한 견습기자를 거쳐 곧 유능한 기자가 되어 갔다. 《숙란》의 기자들 중에 각별히 문학 이야길 많이 한 친구로 후에 《문화일보》를 통해 소설가가 된 이경혜가 있다. 그 친구는 당시 우리 또래들보다 독서량도 많고 감성도 풍부하고 글도 잘 썼다. 부모님들이 모두 인텔리이신 경혜네 집에 간 적이 있는데, 그녀의 공부방 벽면 가득 책이 꽂혀 있는 것이 아주 부러웠다.

우연일까, 이상문학상 수상 소식을 들었을 때 퍼뜩 떠오르는 생각이었다. 인연의 씨앗인가. 77년도엔가 모교인 숙명여고 강당에서 제1회 이상문학상 시상식이 있었다. 학교에 문인들이 성시를 이루고, 덩달아 기자로 안내를 맡았던 나까지도 가슴이 벅찼던 기억이 난다. 17세의 문학소녀였던 나는 내 생애에 저런 상을 받는 날이 오면 죽어도 여한이 없을 것 같다는 생각을 하며 잠시 내가 수상자가 되는 그림을 머릿속에 그려본 적이 있었다. 그때 김승옥 선생님이 〈서울의 달빛 0장〉이란 작품으로 수상을 했는데, 이후 우리 문학소녀들 사이에선 그것이 화제가 되었었다. 당시 김승옥 선생님과 이청준, 박완서 선생님 등은 내 문학의 우상이 된 분들이다. 특히 박완서 선생님은 우리 학교 선배이시고 《숙란》지에서 댁으로 가 탐방 기사를 쓴 적도 있어 작품뿐 아니라 소박한 인간미까지 감동을 주었던 분이다.

폭설 내리던 날의 눈물 젖은 맹세

대학생이 된 스무 살 초겨울, 문학이 내 숙명이라고 받아들이게 되는 큰 사건을 맞게 되었다. 천재라 불렸던 여동생이 죽은 것이다. 죽는 날까지 드러내지 않고 말없이 고통을 삼키다 고요히 눈을 감은 동생. 의연한 투병 생활 때문인지 나는 죽기 얼마 전까지 그녀의 병이 그렇게 치명적인 것인 줄을 몰랐다. 어머니는 나와 동생에게 그걸 끝내 말해주지 않으셨던 거다.

동생이 죽은 후 남겨진 유고들을 보았다. 동생은 죽음을 예감하고 홀로 처절하게 몸부림치고 있었던 것이다. 어느 날 어머니와 동생이 쓰던 흰 베갯잇을 빨려고 뜯어보니 그 속의 등겨를 싼 자주색 나일론 천이 눈물로 더께가 앉았는지 검게 굳어져 있었다. 두 사람의 것이 다 그랬다. 그러나 나는 두 사람이 우는 걸 한 번도 본 적이 없었다. 어머니는 강인한 분이셨다. 밤마다 서로 들키지 않게 몰래 그렇게 하염없이 눈물을 흘려댔다니…… 나는 두 사람에 대한 연민으로 가슴이 터져버릴 것 같았다.

동생은 재로 흩어졌지만 나는 동생의 흔적을 도무지 지우고 싶지 않았다. 그녀의 재능이 너무 아까웠고 하늘이 원망스러웠다. 동생의 유고 보따리를 들고 복사집을 헤매었다. 복사본이라도 몇 부 만들어 기리고 싶었던 것이다.

폭설이 내리는 날, 보따리를 들고 나는 경혜와 만났다. "이걸 어쩌면 좋니……." 그리고 서로 부둥켜안고 한참을 울었다. 경혜는 내게 말했다. "우리 소설가가 되자. 글에서 네 동생이 항상 살아 있도록 하자."

나는 작가가 되기로 결심했다. 그래서 대학 내 서클인 '이화문학회'에 들어가 열심히 책도 읽고 토론도 했고 소설도 쓰기 시작했다. 그 시절 기억 속엔 '연세문학회'와 '이화문학회'에서 열었던 시화전과 연세문학의 밤이 떠오른다. 작고 시인

기형도나 지금 활동하고 있는 성석제, 원재길, 공지영, 김태연 등 무수한 예비 문학인들이 연세문학회에 있었다.

4학년이 되어 단편 〈뜨거운 포말〉이 이화문학상에, 단편 〈피꽃〉이 이대학보 현상문예에 당선되었다. 대학 3학년 때부터 나는 '다락방'이라는 동인 그룹에서 외부의 문청들과 문학 공부를 병행했는데, 당시 미학을 전공하며 시를 쓰던, 지금은 미술 평론가로 활동하는 남편을 거기서 만났다.

그는 내 소설 〈피꽃〉을 보고 접근을 했는데, 그 이후 살면서 문학으로부터 멀어지는 나를 상당히 안타까워했다. "베스트셀러 작가가 될 거 같아 데리고 살았더니 말짱 꽝이잖아." 이렇게 염장을 지르곤 했는데 그래도 나의 재능을 끝까지 믿어준 유일한 동지이기도 하다.

뒤늦게 알게 된 등단 소식

결혼 후 생활인으로서 서울 공항중학교, 백석중학교에서 교사 생활을 하다가 유학을 꿈꿔왔던 남편을 따라 프랑스로 건너갔다. 이렇게 사는 동안 나는 글을 쓰지 못했다. 다시 소설에 손을 댄 것은 프랑스 생활이 5년쯤 무르익을 때였다. 긴장 일변도이던 외국 생활에 어느 정도 익숙해지자 삶이 다시 무기력해졌다. 습한 기후에 오래 살다 보니 몸도 약해지는 것 같았다. 여기저기 아픈 데도 많아지고 우울해졌다. 나는 마음 먹고 다시 소설에 손을 대보았다. 그렇게 다시 습작을 한 지 1년 반, 나는 서울에 있는 대학 선배로부터 한 통의 전화를 받았다.

"신문에 문예지 광고가 났는데 잡지 목차에서 네 이름과 소설이 추천 소설로 나온 거 같아서 내가 확인해봤더니, 몇 달 전 네가 서울 왔을 때 내게 보여줬던 그 소설이더라. 왜 서울과 파리에 떨어져 살다 재회하는 부부 얘기."

그것이 내가 〈이중주〉란 제목을 붙여서 응모를 했던 작품이었다. 〈두 개의 꼭두각시 인형〉이란 이름으로 제목이 바뀌어 《라쁠륨》지에 1회 추천을 받고 나왔다는 것이다. 《라쁠륨》지는 그때 내가 주소를 알고 있는 유일한 문학지였다. 우연히 주불 한국문화원에 가서 신문을 보았는데 거기 창간호 광고가 났었다. 그때 내가 수첩에 주소를 적어둔 적이 있었던 것이다. 그동안 나는 신춘문예나 신인 응모에 작품을 내지 않았는데, 이제는 응모를 해도 되겠다는 생각이 들어 조심스레 보내보았던 것이다.

출판사에 전화를 해보니 내가 급하게 부치느라 원고에 연락처를 잘못 썼던 모양이었다. 연락이 안 되어 자기네도 고민 중이었는데 다행이라며 반가워했다. 그러면서 그 잡지에서는 신인이 두 번 추천의 관문을 통과해야 등단되는데, 두 번째는 한 1년간 습작을 더 해서 역작을 내놓아야 한다는 것이다. 그런데 혹시 써둔 작품이 있으면 며칠 내로 좀 보내보라고 했다. 나는 마땅한 작품이 생각나지 않았지만 보내겠다고 약속을 해버렸다. 다만 그 무렵에 무언가의 이끌림으로 몇 문장을 쓰기 시작한 게 있는데 이상하게 그게 '작품'이 될 것 같은 예감이 들었던 것이다.

상자 속에서 푸른 '칼'이 나오기까지

대박을 터트리는 정도는 아니더라도 뭔가 '작품'은 돼야 하는데 생각하니 초조하기만 할 뿐 글이 도무지 써지지 않는 며칠이 지났다. 부활절을 하루 앞둔 날이었다. 나는 지하철을 타고 어슬렁어슬렁 노트르담 사원까지 가게 되었다. 센강변을 따라 걷다가 다리 건너 노트르담 사원의 광장에 이르니 사람들이 많이 몰려 있었다.

한 남자가 음악을 틀어놓고 묘기를 보여주고 있었다. 콧구멍으로 포크가 들락거리고, 체인을 몸에 친친 감고는 온몸을 비틀어 빠져나오고, 목구멍 속으로 장도長刀를 집어넣는 묘기를 보여주고 있었는데 신기하기보다는 엽기적이고 충격적이었다. 그의 애인인 듯한 여자가 돌아다니며 모자를 들고 동전을 모으고 있었다.

그런데 갑자기 알지 못할 전류 같은 것이 몸에 흐르기 시작하며 소설의 플롯이 한순간에 온 머리에 해일이 덮치듯 밀려들어왔다. 꼭 벼락을 맞은 기분이 그럴까. 나는 얼떨결에 지갑에 손을 넣어 100프랑짜리 지폐를 모자 속에 넣었다. 수북한 동전 속에서 지폐를 보더니 여자가 내게 말했다.

"너무 많지 않아요? 자, 원하는 만큼 거슬러 가세요."

나는 고개를 흔들었다. 아깝지 않았다.

그때 미사를 알리는 종소리가 울려 퍼지고 나는 많은 관광객들과 섞여 성당으로 들어가 부활절 미사를 보았다. 그리고 기도했다.

내 펜이 당신의 뜻대로 움직이게 해달라고…….

그리고 집으로 돌아와 사흘 밤낮을 제대로 먹지도 자지도 않고 정신없이 써내려갔다. 마지막 마침표를 찍었을 때 나는 탈진 상태가 되어버렸다.

원고를 손볼 시간도 없이 서울로 부쳤다. 한 달 후에 그 소설로 2차 추천을 완료, 정식으로 등단이 되었다고 연락이 왔다. 그것이 중편 〈상자 속의 푸른 칼〉이다. 나는 드디어 오랜 세월 몰래 버리고 있던 '칼'을 상자 속에서 빼든 것이다. 그렇게 나는 작가가 되었다. 만 서른일곱이었으니 작가가 되기로 결심한 세월로부터 17년이나 흘러와 있었다.

내 인생에 많은 걸 준비하게 해준 프랑스 유학 시절

나는 이렇게 갑자기 어떤 충격이나 이끌림에 촉발되어 글을 쓰는 경우가 많은 것 같다. 그럴 땐 그 짝사랑만 하던 소설이 나를 향해 걸어오는 것 같아 온몸이 자릿자릿한 느낌이 들 정도다. 나는 이럴 때 "접신接神!" 선언을 하며 방에 틀어박혀 버린다.

작가라는 의식을 가지게 되니 삶이 새롭게 느껴졌다. 내게 다가오는 세상의 모든 이미지와 사람 사는 풍경들이 초점을 잘 맞춘 렌즈로 보듯 선명해졌다. 작가라는 타이틀은 내 눈에 잘 맞는 안경 같은 선물이 되었다. 햇빛 한 점, 바람 한 줄기조차도 예사롭지 않았다. 거리의 프랑스인, 흑인들조차도 혈육처럼 따뜻하게 느껴졌다.

등단한 해인 1997년은 정말로 열심히 썼던 한 해였다. 단편 한 편과 네 편의 중편을 그때 썼다. 홀로 고투를 하면서 내 식대로 쓴 글들을 써놓고 보노라면, '이게 소설 맞나?' 하는 생각도 들었다. 누군가의 평가가 절실해졌다. 그러나 애당초 그런 것에 연연하지 않기로 결심했고 쓰고 싶은 욕망이 불끈 솟으면 그저 빠져들어 써댔다. 어떤 의미에서 외국에서의 글쓰기는 순수하고 또 자유로울 수 있다고 생각한다.

작가에게 있어 글쓰기는 누구나 각고의 고통이지만, 프랑스에 있는 동안 나는 늘 두 가지 갈등에 시달렸다. 학업과 글쓰기의 갈등이 그것이다. 두 가지는 늘 궁합 나쁜 부부처럼 내 속에서 아웅다웅 다투었다. 게다가 아무도 도와주지 않는 육아나 가정 살림은 얼마나 시간을 빼앗아대는지! 아이들이 학교나 유치원에 가 있는 동안이나 잠든 밤 시간엔 전화도 받지 않았다(다행히 프랑스는 유치원이나 학교가 4시 30분에 끝난다). 밤 시간은 야근, 낮 시간은 정상 근무. 이렇게 직장인처럼 공부하고 글 쓰는 시간을 엄격히 구별해서 생활했다.

어느 땐 한창 모국어를 다듬으며 소설의 세계에 빠져 있다가 얼결에 전화를 받은 적도 있는데, 갑자기 전화선 너머에서 프랑스어가 들리면 묘한 기분에 빠지게 된다. 순간, '어? 여기가 어디지? 내가 지금 어디 있는 거야?' 그럴 땐 평소에 쓰던 프랑스어가 빨리 나와 주질 않아 애를 먹곤 했다.

프랑스에서의 유학 생활은 내 인생에서 많은 것을 준비하게 해준 시기였다. 충분히 자유롭게 문화생활을 즐기지는 못했지만 분위기에 젖을 수는 있었다. 그 사람들의 뿌리 깊은 예술에 대한 이해나 애정, 다양한 문화에 대한 포용심은 정말 부러웠다.

죽을 때까지 '문학'이란 지병을 앓고 싶어

글을 쓰느라 전념하지 못한 논문을 본격적으로 쓰느라 2년 동안은 글을 쓰지 못했다. 2000년도 1월에 박사 학위를 받고 완전히 한국으로 돌아왔다. 잔뜩 기대에 부풀어 돌아온 모국은 너무도 낯설었다. 많은 것들이 변했고, 또 프랑스에서 살았던 세월이 나를 변하게 했기 때문이다. 그래도 조금씩 정을 붙여가던 중에 고속도로에서 큰 교통사고를 당했다. 객관적으로는 목숨을 잃을 수 있는 대형 사고였는데 다행히 그 정도는 아니었다. 사고 현장에서 의식을 잃었다 잠깐 깨어나니 다리를 움직일 수 없었고 얼굴에 상처를 입었다. 그때 잠깐 우습게도 이런 생각이 들었다. '아아, 이젠 꼼짝없이 어디 처박혀서 글만 쓸 수밖엔 없겠구나…….'

몇 달간의 병원 생활은 몸의 고통뿐 아니라 정신적 불행감까지도 실컷 느끼게 해주었다. 절망 속에서도 몸이 견딜 만하면 노트북의 원고를 열어보곤 했다. 2년 전, 피카소의 그림을 보고 처음 씨를 뿌렸다가 논문 때문에 손을 못 댔던 〈뱀장어 스튜〉를 꺼내어 고심하며 쓰기 시작했다. 〈뱀장어 스튜〉는 나로서는 역작이다. 이전에 내가 썼던 소설과 다른 류의 소설을 쓰고 싶다는 욕심이 그전부터 있어서 나는 몇 편의 실험적인 소설을 시도해본 적이 있었는데 완성하지 못했다. 긴 시간 고민을 했었는데, 〈뱀장어 스튜〉도 그중의 하나였다.

줄거리는 피카소의 알려지지 않은 같은 제목의 그림 〈뱀장어 스튜〉를 보자 잡혔는데, 표현의 문제에 대한 고민을 오래 했었다. 그러다 모든 사물은 입체로 이루어져 있다는 세잔의 지론을 작품으로 보여준 피카소의 그림들에서 힌트를 얻었다. 입체주의 그림에서는 보이지 않는 반대쪽 눈과 가슴을 그릴 수 있는데, 소설에서도 세계와 사물의 여러 면을 보여줄 수는 없을까. 그 오랜 고민이 병상에서 나름대로의 답을 얻어 완성된 것이다. 2년간 아주아주 오래 곧 〈뱀장어 스튜〉가 나온 것이다. 이 소설 말고도 병원에서 병실 체험을 배경으로 〈고요한 나날〉이란 단편을 썼고, 중편 〈행복한 재앙〉을 구상했다.

인간에게도 운명이 있듯이 작품도 다 타고난 팔자가 있는 것 같다. 작품 〈뱀장어 스튜〉의 인생 유전에 대해서는 나중에 말할 또 다른 기회가 있을 것이다. 〈뱀장어 스튜〉는 《현대문학》 2001년 7월호에 실렸다. 그런데 뜻밖에도 명성만 익히 들어오던 김윤식 선생님이 《문학사상》 8월호에 많은 지면을 할애하여 호평을 해주셔서 흥분과 함께 큰 용기를 얻었다.

작년 한 해는 교통사고의 악몽에서 벗어나 활기차게 보낸 한 해였다. 대학에 강의도 나가고 소설도 열심히 써서 중편한 편과 단편 네 편을 발표하게 되었다. 소설을 쓰면서 자주 생각하게 되는 일인데, 내가 살아온 인생의 곳곳에 이미 소설이 될 만한 씨들은 뿌려져 있다고 생각된다. 다만 인생의 꽃밭에 열심히 물을 주고 거름을 주고 가꾸길 게을리하지 않는다면 풍성한 꽃을 피울 수 있는 게 아닐까, 라고. 자신의 생을 사랑하고 열심히 살 일이다.

프랑스에서 8년을 살았던 세월이 아직 내 소설의 원천이 되고 있음을 본다. 모든 글과 작가의 의식에는 적당한 거리가 있어야 한다고 보는데, 프랑스에서는 그렇게 과거 한국에서의 삶이 떠오르더니 지금은 프랑스에서의 기억들이 더 선명하게 느껴진다.

아직까지도 나는 명확하게 잘 모르겠다. 소설이 무엇인지, 특히 어떻게 해야 좋은 소설을 쓰는 건지. 그러나 분명한 것은 나는 문학에 대한 상사병을 죽을 때까지도 지병처럼 앓을 것이란 점이다. 문학은 내 운명적 사랑이니까.

아아 어쩌랴, 이 가혹한 사랑을…….

아버지의
무릎

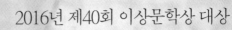

2016년 제40회 이상문학상 대상

김경욱

아버지의 모습을 떠올리면 맨 먼저 생각나는 것이 무릎입니다. 아버지는 틈만 나면 무릎을 밟아달라 하셨지요. 온종일 서 있어야 하는 직업(교편을 잡으셨죠) 탓이기도 했지만, 워낙에 강골과는 거리가 먼 분이라 집에 돌아오자마자 아랫목에 드러눕곤 했습니다. 파자마를 허벅지까지 걷어 올린 아버지가 제 이름을 부르면 저는 냉큼 두 무릎 위로 뛰어올라가 손으로 벽을 짚은 채 제자리걸음을 시작하곤 했지요. 다른 심부름은 어떻게든 동생에게 떠넘기려고 발버둥쳤지만(막둥아, 미안!) 무엇 때문인지 그 미션만큼은 피하는 게 불가능했습니다.

매번 뭔가에 이끌리듯 아버지의 무릎 위로 올라갔던 것인데 돌이켜 보면 내심 그 순간을 기다렸던 것도 같습니다. 아버지의 무릎 위를 걷는 기분이 그리 나쁘지 않았으니까요. 동그란 무릎뼈가 발바닥 밑에서 이리저리 돌아다니는 듯한 느낌이 재미있었습니다. 차갑고 딱딱하던 무릎에 피가 돌아 따스하고 말랑말랑해지는 것도 신기했습니다. 지구와는 다른 중력을 가진 별 위를 걷는 기분이랄까요. 그럴 때 아버지의 입에서 새어 나오던 "시원하다, 어 시원하다"라는 탄성도 듣기 좋았고, 무엇보다 그것이 아버지와의 유일한 스킨십이었으니까요.

아버지의 무릎은 제가 간직한 하나뿐인 온기의 근원이기도 합니다. 저에게 있어 아버지는 언제나 저만치 떨어져 있는 존재였으니까요. 가족 나들이 때도, 어린이날 큰맘 먹고 찾은 대공원의 엄청난 인파 속에서도, 스무 살의 제가 학업을 중단하고 고향으로 내려가 입원했던 병실에서도 아버지는 대여섯 걸음 앞장서거나 대여섯 발 떨어진 자리에 앉아 있었으니까요.

그랬습니다. 함께 길을 나서면 아버지는 어김없이 저만치 앞서 걸어갑니다. 모습이 시야에서 사라졌나 싶으면 또 저 앞에 쭈그려 앉아 있곤 했습니다. 그러다 일행이 눈에 들어오면 벌떡 일어나 휘적휘적 걸음을 재촉했습니다. 그때는 나란히 걷지 않는 아버지가 이상하기만 했는데 이제와 생각하니 다리가, 무릎이 아파서 그랬던 것 같습니다. 한시라도 빨리 목적지에 당도해 쉬고 싶은 마음이 굴뚝같았던 겁니다. 말하자면 아버지는 무릎으로 학생들을 가르치고, 무릎으로 식구들을 건사한 셈입니다. 슬하膝下라는 말이 새삼 사무치네요.

제가 아버지를 가장 많이 닮은 곳 역시 무릎입니다. 작고 동그랗고 부실합니다. 툭하면 드러누워 있으라고 아우성입니다. 그런데 무릎 주인은 스포츠라면 사족을 못 씁니다. 게다가 눈은 높아서 축구라면 차범근, 야구라면 이종범이 되고 싶었습니다. 허황된 열망을 동네축구에 쏟아붓다 기어이 사달이 나고 말았는데요, 시합 도중 무릎 연골이 찢어지고 만 겁니다. 상대 수비의 거친 태클 때문이었다고 말할 수 있다면 좋겠지만, 실은 크로스를 올리려다 헛발질하는 바람에 그만. 동네 정형외과 의사는 "이제 그런 격한 운동을 할 나이는 지났다"는 말로 제 선수 생명에 종지부를 찍어버렸습니다. 고작 스물아홉이었는데요.

진짜 문제는 따로 있었습니다. 무릎 수술 후 골방에 박혀 있자니 도통 글이 써지지 않았습니다. 글 쓰는 방법(그런 게 있다면)을 까맣게 잊어버린 것처럼 한 줄도 쓸 수 없었지요. 그제까지 네 권의 책을 낼 수 있게 해준 작가운(역시나 그런 게 있다면)이 다해버린 것처럼 말입니다.

축구에 대한 붉은 마음은 '피파시리즈'(축구 게임)로, 야구에 대한 열정은 타이거즈에 대한 격한 응원으로 달래고, 그래도 남아도는 아드레날린은 스타크래프트 게임으로 밤을 지새우며 어찌해볼 수 있었지만 글을 쓸 때만 곁을 허락하던 마음의 평화는 그 무엇으로도 되찾을 수 없었습니다.

글을 다시 쓰기 위해 별짓 다했지요. 난생처음 글이란 것을 끄적이던 스물한 살 때처럼 (컴퓨터 대신) 펜으로 써보기도 하고, 스스로를 세상에 둘도 없이 딱한 존재라 여기는 자기 연민의 '다크포쓰'에 기대기도 하고(다자이 오사무를 다시 꺼내 읽었지요), 뭐라도 묘사하다 보면 실마리가 풀릴까 싶어 눈을 부릅뜨고 창밖을 바라보다 지나가던 고양이와 눈싸움을 벌이기도 했지만 결과는 신통치 않았습니다. 격렬한 파토스를 '고백'할 예외적인 내면도, 세상을 남다르게 '묘사'할 심미안도 저에게는 결여된 것이 아닌가 싶었습니다. 뼈저리게(문자 그대로!) 울적한 나날이었지요. 무릎은 차차 아물었지만 저는 점점 더 골방에 틀어박히게 되었습니다.

그런 제가 안됐다 싶었는지 아버지가 위로차 상경했습니다. 작은 화분을 들고서요. 화분에는 피렌, 뭐라는 파랗고 작은 식물이 심겨 있었습니다. 농업학교 선생님다운 선물이었지요. 뭔가를 돌보고 기르기에 제 멘탈은 너무 황폐해져 밤낮 애먼 '저글링'과 '히드라리스크'(스타그래프트 '저그' 유저들에게 딱히 억하심정이 있었던 건 아닙니다)만 때려잡았지만 아버지의 선물을 나 몰라라 할 수는 없더군요. 분부대로 잊을 만하면 물도 주고 일광욕도 시켜줬습니다.

그날도 볕을 쪼이려고 창턱에 올려두었던 화분을 거둬들이던 참이었습니다. 떠돌이 고양이와 눈싸움이나 한 판 할까 싶어 창밖을 보았을 때 저는 뜻밖의 무언가를 보고 말았습니다. 그것은 담벼락 난간에 걸린 제 얼굴이었습니다. 이쪽과 저쪽의 어둠이 균형을 맞춰 유리가 창이면서 거울이 되었던 것이지요. 뭉크의 그림에나 나올 법한 표정, 무너지기 직전의 담벼락 같은 제 얼굴과 맞닥뜨렸던 그날 이후, 저는 목발을 짚고 산책을 나가기 시작했습니다. 햇볕 속을 걸으며 세상을 관찰했지요. 그러자 글도 다시 쓸 수 있게 되었습니다. 글이란 무릎으로 쓰는 것인가 봅니다. 적어도 저의 경우에는요.

다쳤던 무릎을 갑자기 놀리면 지금도 우두둑, 하는 소리가 납니다. 그 소리를 들을 때마다 저는 유리가 창이면서 거울이 되던 순간을, '세계'의 얼굴 위로 '내면'의 표정이 마술처럼 떠오르던 순간을 되새깁니다. 마른 부지깽이 같은 넓적다리뼈와 정강이뼈 사이에서 이를 악물고 있던 아버지의 무릎과, 그

위를 걷던 때의 기분도요. 가끔은 어디선가 아버지가 저를 부르는 소리가 들리는 듯도 합니다.

"경욱아, 아따 경욱아!"

어느 바람벽 아래 누워 파자마를 허벅지까지 끌어올린 채 말이죠.

그란디 아부지, 시방은 머시냐 구름 위에 든눠계신당가요?

거서도 동백나무도 키우고 야구 중계도 보신당가요?

네, 아부지?

아부지!

ㅇ, ㅊ, ㅁ 18번지
그리고 ㅅ

2015년 제39회 이상문학상 대상

김숨

ㅇ

ㅇ에 최초로 조선소가 들어섰다. 그곳의 노동자가 되려는 남자들이 ㅇ으로 흘러들었다. 그들 속에는 아빠도 있었다.

나는 조선소가 멀지 않은 곳에서 태어났다.

엄마는 탯줄을 바다에 던졌다.

ㅊ

마을에는 방앗간과 저수지와 나무젓가락 공장이 있었다. 밤나무와 아카시아나무, 무덤 천지인 산이 마을을 둘러싸고 있었다. 생生과 사死가 삼쌍둥이처럼 꼭 붙어 마을을 떠돌아다녔다.

아빠는 사우디아라비아인가 쿠웨이트인가에 가 있다고 했다.

우리는 아궁이가 딸린 방에서 살았다. 창호지를 댄 방문을 열면 돼지우리가 보였다. 할아버지는 벼농사를 짓고 벌을 쳤다. 봄이면 나는 냉이나 달래, 쑥 같은 나물을 손톱이 까매지도록 캐러 다녔다.

어느 날 마을에 기이한 정적이 감돌았다. 초상이 났다고 했다. 마을 여자들이 초상집으로 몰려갔다. 이상하게 무서워 나는 방 안에 꼭꼭 숨어 있었다. 엄마가 초상집에서 부친 김치전을 내게 가져다주었다. 벌건 김치전이 귀신이 먹는 음식 같아 나는 바라보기만 했다. 다음 날인가 그다음 날, 마을 남자들이 흰 종이꽃으로 장식한 상여를 짊어지고 신작로의 흙먼지 속으로 걸어 들어갔다.

방앗간 양철지붕에서 참새 떼가 그물처럼 날아올랐다. 보름달이 뜬 밤, 방앗간 노총각은 양은 들통을 들고 저수지로 자라를 잡으러 갔다.

공장에 다니는 처녀는 어금니가 부서져라 껌을 씹었다.

어느 늦은 봄밤 할아버지는 알전구 노란 불빛 아래서 꿀을 떴다. 꿀 속에서 벌이 죽어 있었다.

내가 초등학교에 입학한 지 얼마 안 돼 엄마는 우리를 데리고 그곳을 떠나왔다.

아빠는 돌아오지 않고 있었다.

▢ 18번지

변두리 동네에는 유난히 백수가 많았다. 기찻길 너머에는 넝마주이와 벽돌 공장 사내들이 살았다. 아빠가 어느 날 백수가 되어 돌아오자 엄마는 담벼락을 허물고 부엌을 터 구멍가게를 냈다.

나는 학교에서 돌아오면 가게를 지키고 앉아 동전을 셌다.

알로에 화분을 애지중지 끌어안고 다니던 대머리 아저씨, 골프장 캐디인 그의 딸, 지명수배 중인 운동권 아들 때문에 삼백육십오 일 가슴을 졸이던 앞집 아줌마, 대머리 양복쟁이, 말더듬이 미장이, 기린처럼 목이 길던 도배공, 저녁마다 파자마 차림으로 대문 앞을 쓸던 초등학교 선생님, 병풍에 자수를 놓던 여자와 그녀의 술주정뱅이 남편…… 그들이 우리 가게의 단골이었다.

방이 있었으면.

숨고 싶어.

문 없는 방.

창 없는 방.

한 벌뿐인 청바지가 작았다.

작다는 말을 엄마에게 할 줄 몰랐다.

중학교를 졸업할 때까지 나는 동전을 세고 또 셌다.

ㅅ

ㅅ은 기이한 곳이었다. 사람들은 두더지처럼 굴을 파고 그
안에 들어가 살거나, 비둘기처럼 옥상에 집을 짓고 살았다.

세든 방 창을 열면 발이 보였다.

발, 발들.

그 많은 발들에는 내 발이 없었다, 있었다, 없었다⋯⋯.

수도세를 받으려, 주인할머니가 계단을 내려오고 있었다.

죽은 분재 화분이 철사를 온몸에 두르고 창문 앞을 지켰다.

집에 가야지, 집에 가야지…….

ㅇ과 ㅊ과 ㅁ 18번지, 그리고 ㅅ. 그 네 공간이 뒤섞여 만들어내는 공간. 나는 오늘도 그곳으로 낚싯대를 드리우고 소설이라는 기묘한 물고기가 걸려오기를 기다리고, 기다린다.

카드
놀이

2013년 제37회 이상문학상 대상

김애란

아버지와 어머니가 처음 만난 곳은 '송방'이었다. 송방은 가게를 일컫는 충청도 말로 나도 어머니를 통해 알게 된 단어다. 생선가게면 생선가게, 이불가게면 이불가게지 가게 이름이 왜 그냥 가게냐고 묻자, 어머니는 더듬더듬 처녀 적 기억을 되짚으며 말을 이었다.

"그게…… 뭐든 다 파는 집이었거든."

술도 팔고, 공책도 팔고, 부탁하면 국수도 끓여주는 데다, 소화제며 비누 등 없는 게 없는 곳이었다고. 주로 초등학교 앞에 자리했다는 어머니의 설명을 바탕으로 추측컨대 송방이란 아마도 문방구와 구멍가게, 분식집의 기능을 한데 섞어놓은 곳이었던 것 같다. 지금으로 치면 도시락과 볼펜, 스타킹과 아이스크림을 같이 파는 편의점 정도가 아니었을까. 물론 그보다는 훨씬 초라하고 애매한 곳이었겠지만 말이다. 아무튼 30여 년 전, 그러니까 1970년대 말, 충청남도 서산시

대산읍 독곶면 독곶리의 한 송방에서, 보다 정확하게 말하자면 송방 한쪽에 딸린 온돌에서, 어머니와 아버지는 소개팅을 했다.

"뭐?"

'온돌'과 '소개팅'이라는 단어를 나란히 접한 내가 말꼬리를 올렸다. 주선자 둘, 당사자 둘, 청춘 남녀 네 명이 좁은 온돌방에 옹기종기 앉아 어색하게 인사 나눴을 상상을 하니 내가 다 쑥스러워진 까닭이었다. 그건 뭐랄까. 마치 각 나라의 작가들이 일본의 전통 난로인 '고타쓰' 주위에 모여앉아 담요를 덮고 귤을 까먹으며 진지하게 문학을 논하는 풍경과 비슷할 것 같았다. 누군가는 엉덩이가 따뜻해진 나머지 까다롭기로 유명한 노老작가의 어깨에 기대 잠이 들고, 또 어느 거장의 엄지에는 귤 물이 들어 있는 그런 장면과…….

그럼 그 방에서 넷이 무얼 했냐고 묻자 어머니는 "뽕을 쳤다"고 했다. 나는 그건 또 무슨 말인가 싶어 잠시 침묵했다. 아무래도 오늘은 새말(言)을 많이 배우는 날인가 보다 하고. 어머니는 얼핏 들어도 뭔가 고상한 대상을 가리키는 건 절대 아닐 것 같은 데다가, 어딘가 음성적인 분위기마저 풍기는 그 단어가 실은 화투의 한 종류라 일러주었다.

"뭐어?"

내 말끝은 방금 전 소개팅이란 말을 들었을 때보다 더 올라 갔다. 아니 그럼 초면에 아버지랑 화투를 친 거냐고 묻자, 어머니는 그게 무슨 문제냐는 듯 천진하게 답했다. 찻집도 극장도 없는 시골에서 할 일도 없고 심심해서 그랬다고. 당시 어른들은 고스톱 전에 민화투를 쳤고 젊은 사람들은 주로 '먹기 뽕'을 했는데, 여기서 '뽕'이란 서양의 '원카드'처럼 화투 일곱 장을 갖고 노는 게임이었다고 했다. 그날 처음 만난 아버지와 어머니는 무려 두 시간 동안 진지하게 '뽕'을 쳤다. 진 사람은 이긴 쪽에게 먹을 것을 사주기로 했다. 그래서 "누가 이겼냐?"고 묻자 어머니는 의기양양한 투로 답했다.

"내가."

아버지는 여자들에게 삶은 계란과 엿을 샀다. 게임에서 진 건지, 져준 건지 알 수 없으나 어찌 됐든 그 음식들 모두 송방에서 파는 거였다. 그러니까 지금까지 내가 어머니에게 들은 이야기를 정리하면 이렇다.

'먼 옛날 넓고 넓은 바닷가에 한 청년과 처녀가 살았습니다. 두 청춘은 송방에서 처음 만나 화투를 쳤습니다. 그리고 화투에서 이긴 처녀는 청년에게 엿을 얻어먹었습니다.'

더불어 그날의 작은 패배를 시작으로 아버지는 지금까지 시는 내내 어머니를 한 번도 이겨본 적이 없다. 적어도 겉으로 보기에는 그랬다.

소개팅이 끝난 뒤 아버지는 어머니가 마음에 들었는지 집까지 바래다주겠다고 했다. 어머니는 "나도 다 아는 길이니 혼자 가겠다"고 했다. 아버지는 머뭇대다 그게 배웅인지 추적인지 모를 걸음새로 엉거주춤 어머니를 따라갔다. 그 뒤로 두 사람은 소극적인 만남을 이어갔다. 어머니가 만나주겠다고 했다가 아니라고 했다가 자꾸 빼는 바람에 아버지는 애를 먹었다. 다방도 없고 빵집도 없는 깡촌에서 두 사람이 주로 만난 곳은 한밤의 백사장이었다. 가로등 하나 없이 사방이 캄캄한 해변에서, 아버지와 어머니는 처얼……썩, 철썩…… 줄기차게 밀려오는 파도 소리를 들으며 등대 불빛만 하염없이 바라봤다. 그러고 다시 한참 만에 만나서는 역시 아무 말 없이 밤바다만 바라보다 엉덩이에 묻은 모래를 털고 일어서 헤어졌다.

두 사람이 언제, 어디서 마음이 통通하게 된 건지는 알 도리가 없다. 다만 어느 순간 카드만 갖고 노는 데 싫증이 났는지 다른 놀이를 찾은 모양인데, 그 놀이라는 게 다름 아닌 서로의 몸을 만지작거리며 밀담을 나눈 거였는가 보다고 추측할 뿐이다. (어머니는 그 대목을 건너뛰지만 나는 다 알 수가 있다.) 처음

에는 수치심에 놀라, 나중에는 그 수치심을 자꾸 확인하고 싶
어 몇 번이고 반복했을 무엇. 몇 년 뒤 결국 두 사람은 살림을
합쳤고, 첫딸을 낳고 얼마 지나지 않아 다시 서로를 껴안았
다. 그리고 그렇게 둘 사이를 오간 호흡 속에서, 허풍과 약속
안에서, 노동과 낙관 속에서 태어난 게 나다. 목소리 크고 일
잘하는 어머니와 말수 적고 노래 잘하는 아버지의 셋째 딸로.
좀 엉겁결에. 나는 다른 아이들처럼 앉다, 기다, 걷다, 달릴 수
있게 되었고, 웃고, 울고, 종알거리다 어느 순간 무럭 자라 소
설가가 되었다.

　소싯적 '뽕' 좀 치고 논 부모님에 비해 나는 아직도 고스톱
을 잘 칠 줄 모른다. 기회가 없진 않으나, 손에 단풍이나 송학,
흑싸리가 쥐어지면 그것들을 골똘히 쳐다보다 그저 그림이
나 맞추는 수준이다. 반면 부모님은 여전히 화투를 갖고 노는
데 특별한 즐거움을 느끼는 듯하다. 내가 알기로 실력은 아버
지가 낫고 속도는 어머니가 빠르다.
　동네마다 규칙과 문화가 다르다지만, 동네 아주머니들이
화투 치는 모습을 보고 입이 딱 벌어진 적이 있다. 패를 섞고
가르고 돌리고 거두는 손놀림은 물론이며 판 돌아가는 속도
가 눈이 팽팽 돌아갈 성도로 정말 빨랐기 때문이다. 그 짧은

시간 안에 어떻게 상대의 패를 가늠하고 자기 수를 파악하고 경우의 수를 짚어보는지 이해가 안 될 정도였다. 그래서인지 다른 때는 몰라도 적어도 군용 담요 앞에서만큼은 동네 아주머니들이 모두 한 가지 일을 오래해 어떤 경지에 이른 장인들처럼 보였다. 이야기꾼, 소리꾼 할 때의 그 '꾼'처럼 보였다. 누군가는 "이런 경망스러운 여편네들을 봤나" 하고 혀를 찰지 모르나 그럴듯한 문화시설 하나 없는 시골에서 촌부들이 나름 재미를 찾는 방식이라 생각하면 이해 못할 일도 아니다. 더불어 이런 고향 풍경은 먼 훗날 내 소설의 밑거름이 됐다. 아래 장면도 모두 이러한 배경에서 나온 거다.

……보상심리 때문에 화투판에도 곧잘 꼈다. 형님 소리를 듣기 위해 나이를 속이는 여자들과 함께. 미용실이나 선술집에서 신발을 숨겨놓고. 그러다 한 아주머니의 애인이 파출소에 신고를 했다. 자기를 만나주지도 않고 만날 화투만 친다 하여 홧김에 그런 거였다. 경찰들이 문 두드리는 소리에 '고꾼'들은 허둥지둥 흩어지고, 어머니는 양손에 현금을 쥔 채 논둑길을 달려가다 넘어져 흙투성이로 돌아왔다.
— 단편 〈칼자국〉 중(《침이 고인다》, 문학과지성사, 2007)

이제 와서 하는 말이지만 저기서 황급하게 '돈을 들고 논둑길을 달려가다 넘어진' 아줌마가 바로 내 어머니다. 이렇듯 손재주가 좋은 부모님과 달리 나는 카드를 가지고 하는 종류의 놀이에는 영 소질이 없었다. 공기나 고무줄도 잘 못했고, 산수는 초등학교 4학년 때부터 힘들어했으며, 중학교에 올라가서는 가정 시간에 저고리를 만들다 잘 안 돼서 미쳐버리는 줄 알았다. 하지만 어려서부터 종알종알, 패를 맞추듯 말을 맞추며 뭐라 떠들어대는 것은 좋아했다.

일곱 살 때였던가. 우리 집 옆에는 방앗간과 세탁소, 정육점 등이 나란히 들어서 있었다. 거기 주인아저씨들은 한가할 때면 가게 앞에 앉아 지나가는 사람들을 붙들고 한담을 나누거나 바람을 쐬곤 했다. 그리고 심심하면 아직 학교도 들어가지 않은 우리(나 그리고 나와 똑같은 옷을 입고 다녔던 내 쌍둥이 언니)를 불러다 괜히 노래도 부르게 하고 이야기를 시켰다. 물론 이때의 이야기란 줄거리가 있는 진짜 이야기라기보다 시시껄렁한 대화에 가까웠지만. 어른들은 그 되바라진 대꾸가 듣기 좋은 모양이었다. 얼마 뒤 나는 초등학교에 들어가 한글을 깨쳤다. 가벼워 민첩한 대신 흩어지고 사라지기 쉬운 소리를 글자로 적어 지상에 남겨두는 법에 대해 알게 되었다. 자음 14개, 모음 10개, 이렇게 24개의 활자가 적힌 낱말카드가 그 도구였다. 더불어 그때 느낀 모종의 경이, 재미와 설렘은 훗날 내 다른 소설 안에 고스란히 스며들었다.

> 바람이 불면, 내 속 낱말카드가 조그맣게 회오리친다. 해풍에 오래 마른 생선처럼, 제 몸의 부피를 줄여가며 바깥의 둘레를 넓힌 말들이다. 어릴 적 처음으로 발음한 사물의 이름을 그려본다. 이것은 눈(雪), 저것은 밤(夜), 저쪽에 나무, 발밑엔 땅. 당신은 당신. 소리로 먼저 익히고 철자로 자꾸 베껴쓴 내 주위의 모든 것. 지금도 가끔, 내가 그런 것들의 이름을 안다는 게 놀랍다.
>
> —《두근두근 내 인생》 중(창작과 비평, 2011)

새 글을 쓸 때마다 나는 내가 가진 한정된 개수의 카드로 짝을 맞추고 패를 가른 뒤 '빈 문서'에 펼쳐보곤 한다. 그러곤 각 낱말의 소리와 뜻, 온도와 질감을 가늠하며 그 조합의 결과가 만들어내는 우연과 리듬, 서사의 당위를 고민한다. 물론 그 말과의 씨름에서 지지만, 그 실패가 종종 나를 또 다른 이야기의 세계로 인도해주는 것을 느낀다. 그리고 그렇게 자주 호출한 이름 중 하나가 바로 내 '가족'이었을 거다. 교육을 많이 받지 못했고, '학부모 편지'라노 한번 쓰려면 끙끙대며 곤치를 앓은 이들이지만, 살면서 내가 처음 한 말 그리고 평생 쓸 말을 가르쳐준 이들이 바로 내 부모였기 때문이다.

물론 가족 안에서 깨친 말로 가족 이야기를 쓴다 해서 늘 잘 써지는 것은 아니었다. 오히려 그때마다 나는 내가 이들을 온전히 이해하지 못하며, 이해할 수도 없다는 사실을 깨달았다. 그러니 도시를 다룬 단편이든 늙음 혹은 언어를 다룬 소설이든 번번이 맞닥뜨리는 난처함은 또 말해 무엇하랴.

예컨대 평생 이런저런 실수를 한 탓에 가족 안에서 입지가 약해진 아버지와 그 뒷수습을 해오느라 씩씩하다 못해 거칠어진 내 어머니만 봐도 그렇다. 그 모든 일이 지나간 뒤 자식들이 다 떠나간 자리에서, 두 사람이 요즘 무얼 하는지 보라. 나이 들어 이제는 눈도 처지고 목소리도 작아진 내 부모는 저녁마다 서로 머리를 맞댄 채 '맞고'를 친다. 두 사람이 처음 만났을 때와 마찬가지로 영화관도 없고, 무도장도 없고, 문화센터도 없는 동네에서 해가 지면 멍하니 티브이를 보는 일 외에 별로 할 일이 없어서다. 언젠가 부모님께 안부 전화를 드렸다, 수화기 너머로 탁, 탁 화투 치는 소리가 나는 걸 듣고 나도 그 사실을 알았다.

한때 아이들이 시끄럽게 뛰어놀던 거실에는 어둠과 침묵이 짙게 깔려 있고, 이제는 미움도 사랑도 희석된 채 이따금 서로를 연민으로 바라보는 두 사람만이 오도카니 남아 있다. 가스 값을 아끼느라 보일러를 틀어놓지 않은 거실에 군용 담요를 깔고 바싹 웅크린 채. 돈을 자주 따는 쪽은 단연 아버지다. 총각 때야 부러 져줬다 해도 결혼하고 애도 낳은 상대에게 돈을 잃어줄 이유가 별로 없어서다. 더욱이 노년에게 돈이란 없어서 못 쓰는 종류의 물건 중 하나니까.

그런데 흥미로운 건 통화할 때마다 어머니가 자주 웃는다는 거다. 내가 왜 그러냐고 묻자 어머니는 "네 아버지가 자꾸 욕을 해서 그런다"고 했다. 화투판이라는 데가 원래 세상 어디가도 듣지 못할 낯 뜨겁고 풍요로운 말들이 오가는 장소란 건 알았지만, 점잖고 숫기 없는 우리 아버지가 그런다니 뜻밖이었다. 하지만 내가 볼 때 보다 이상한 건 어머니였다. 어머니는 아버지에게 욕을 먹을 때마다 같은 말로 되받아치며 미친 사람처럼 깔깔댔다. 마치 아버지가 당신을 짓궂게 대해 기쁘다는 듯. 실은 오래전부터 당신이 나를 이렇게 대해주길 기다려왔다는 듯 말이다.

그 얘기를 들은 뒤 나는 '세상은 정말 이해할 수 없는 것투성이구나' 하고 고개 저었다. 어쩌면 여느 많은 부부의 이부자리 속 사정이라는 것도 이와 비슷하지 않을까 하고. 그러니 송방에서 처음 '뽕'을 진 이래 30년 넘게 같이 살아오면서 한 번도 상대를 이겨본 적 없는 사람은 사실 아버지가 아니라 어머니였을지도 모르리라.

　그러니 이쯤에서 나도 잠시 낱말카드를 내려놓고 부모님을 따라 화투를 좀 해보려고 한다. 어릴 때 어깨너머 배운 지식으로 화투 점을 쳐보려 한다. 매화는 님, 벚꽃은 여행, 흑싸리는 근심, 소나무는 소식이라든가. 내게 들어온 패는 세 개. 벚꽃, 모란 그리고 국화다. 여기서 각 화투장에 깃든 의미를 풀이하면 이렇다.
　—여행지에서 친구를 만나니 술 마실 일이 생긴다.
　점이란 게 본디 해석하기 나름이지만, 아무래도 나는 이 패가 앞으로 내가 다급하게 해야 할 일을 예고하는 듯해 넋을 잃고 먼 산을 본다. 그리고 낯선 대도시에서 자식들을 만날 때마다 시무룩한 얼굴로 "이젠 내가 결정할 수 있는 일이 별로 없는 것 같아……"라고 말하는 내 부모에게, 자식들 눈치 보는 일이 많아진 아버지에게, 타고난 자존심만큼 경제력이 따라주지 않아 종종 울적해하고, 험난하게 펼쳐진 인생길 앞에서, 자식들의 호의와 배려 앞에서, "나도 다 아는 길이니 혼자 가도 된다"며 화를 내는 어머니에게, 알겠으니 편히 가시라고, 대신 나도 뒤에서 조용히 따라가보겠노라고 약속드리고 싶다. 당신들보다야 언제나 한 발짝 늦게 도착하겠지만 글을 쓰며 부지런히 쫓아가보겠노라 말이다.

이것이 누군가의 겸연쩍은 '뽕치기'로부터 '소설'이란 그럴 듯한 '뺑치기'에 이른 나의 과거다.

이 세상 그 누구도
대신 써주지 않는
15매

2009년 제33회 이상문학상 대상

김연수

나는 이상에게서 문학에 대해 배웠다

20세기가 끝나갈 무렵, 그러니까 서평지 《출판저널》에서 기자로 일할 때였다. 그때 기자들은 각각 분야를 맡아서 신간 목록을 작성했는데, 나는 실용과 경제경영을 담당했다. 문학과 인문 쪽은 아무래도 다들 탐내는 책들이 많아서 막 잡지사에 들어간 내가 맡기도 힘들었지만, 내심 문학 쪽으로는 관심도 두지 말자고 다짐하던 시절이었다. 대신에 나는 일과 술에만 관심을 뒀다. 하루 종일 원고 청탁하고 취재하고 책 읽고 기사 쓰다가 저녁이면 동료들과 인사동이나 안국동 주위의 술집과 노래방을 전전하면서 날을 보냈다. 될 대로 되라는 심사로 실용서와 경제경영서를 열심히 읽었는데, 그 책들 속에는 진작부터 내가 알고 있었어야만 할, 인생의 중요한 진리들이 빼곡하게 수록돼 있었다. 의심의 눈초리로 나를 쳐다보는 사람을 설득하고, 내게 이득이 되는 방향으로 결론이 내려지도록 대화하고, 목표가 되는 최종적 시간에 이르기 위해서 일상을 재배치하는 방법들. 그랬군. 그랬던 것이군. 남들은 다 아는 이런 것들도 모르면서 잘난 척하면서 잘도 살았군.

그러던 어느 날, 소설가 김경욱 씨가 내게 전화해 《소설과 사상》에 장편소설을 연재하지 않겠느냐는 조남현 선생의 뜻을 전했다. 당시 문학평론가 조남현 선생은 출판사 고려원에서 발간하는 문예지 《소설과 사상》에서 편집위원으로 일하고 계셨다. 김경욱 씨와 나는 같은 해에 같은 잡지로 등단했기 때문에 처음 만났을 때부터 친구처럼 지냈다. 그래서 내게는 그 말이 농담처럼 들렸다. 물론 내가 장편으로 등단하기는 했지만, 청탁이 다 끊어져 단편소설도 제대로 쓰지 못하는데 갑자기 장편소설 연재라니. 게다가 문학 쪽으로는 고개도 돌리지 않은 채, 실용서와 경제경영서만 읽고 있는데. 그 제의가 내게 들어오기까지는 여러 가지 사정이 있을 줄 짐작하지만, 그런 사정이야 내가 생각할 문제가 아니었고, 다만 내게는 그 느닷없는 제의가 어떤 계시처럼 느껴졌다는 게 중요했다. 그 계시란 이런 것이었다. 어쩌면 이건 내가 쓰는 마지막 소설이 될지도 모른다. 그 예감 덕분에 나는 그 제의를 받아들였다. 알고 봤더니 그건 첫 번째 무모한 짓이었다.

그리고 며칠 동안 고민했다. 장편을 쓴다고는 했지만, 두 대체 뭘 쓴단 말인가? 많은 스토리들이 떠올랐지만, 그때마다 나는 고개를 저었다. 이유는 단 하나. 내가 앞으로 여러 편의 장편소설을 쓴다면 쓸 수 있는 스토리들이지만, 단 한 편만 쓸 수 있다면 불가했다. 실용서와 경제경영서에 따르면, 아무런 의미도 없는 시간이 속절없이 흘러갔고, 나는 초조해서 술을 마셔도 취하지 않을 정도였다. 그러다가 어린 시절, 누나가 보던 잡지《여학생》에서 읽은 기사 하나가 떠올랐다. 그 기사의 제목은 '박제가 되어버린 천재를 아시오?'였다. 제목만 읽고 나는《소년중앙》같은 어린이 잡지에 실리는, 세상의 불가사의한 일들에 관한 글을 떠올렸다. 그 글에는 밤마다 마룻장을 굴리며 걸어 다니는 밀랍 인형이라든가 밥을 먹다가 몸만 불타버린 사람 등 세상에 존재하는 기이하고 신비스런 현상이 소개돼 있었다. 어린 나는 표피적인 수준에서 그 기사를 이해했다. 그러니까 천재 시인이 있고, 그가 죽은 뒤 사람들이 그를 박제로 만들었다고. 생각만 해도 무시무시하고 끔찍했다. 그 기사에는 얼굴이 하얀 이상 김해경의 흑백사진이 있었는데, 그 후로 오랫동안 나는 그 창백한 얼굴을 기억했다.

그 사람이 쓴 시와 소설을 읽은 건 고등학교에 진학한 뒤의 일이었다. 김천서점에 갔다가《오감도》라는 작은 시집을 샀던 것이다. 물론 나는 그게 세상 사람들이 박제로 만들어버린 그 시인의 시집이라는 걸 알고 있었다. 과연 시를 읽어보니 무시무시했다. '13인의아해가도로로질주하오(길은막다른골목이적당하오.)' 그럼에도 나는 그의 시에 점점 빠져들었다. 제대로 설명할 수는 없었지만, 분명 거기에는 사람의 눈을 끄는 매력이 존재했다. 이윽고 그 사람이 쓴 수필과 소설까지 읽기 시작하면서 나는 서서히 그 매력에 눈뜨기 시작했다. 그건 모두 어떤 비밀에 대해서 쓴 글들이었다. 하지만 그 비밀이 정확하게 무엇인지는 누구도 알 수 없었다. 그러므로 누군가 이상에 대해서 안다고 말한다면, 그건 그가 이상에 대해서 아무것도 알지 못한다는 걸 공공연하게 말하는 셈이다. 나를 매혹시킨 건 바로 이 점이었다. 나 역시 영영 누군가 나에 대해서 안다고 말할 수 없게 되기를 바라는 사람이었으니까. 그렇게 나는 이상에게서 문학에 대해 배웠다. 누군가 나의 의도를 알게 되면 그건 완전한 실패라는 것. 그러니까 비밀이 없는 사람은 가난하다는 것. 수식과 분칠과 비유만이 우리를 구원하리라는 것. 그즈음부터 나는 친구들에게 보내는 편지에 '연(衍)'이란 서명을 하기 시작했다. 그건 이상의 유고 소설 〈단발〉에 나오는 남자 주인공의 이름이었다. 고등학교 시절, 편지의 말미에 '衍'이라고 서명할 때, 나는 최초의 문학 행위를 했던 셈이다. 그 결과는? 결국 바로 그때 오늘의 내가 태어난 셈이었다.

이상의 데스마스크에 대한 소설을 쓰자

등단할 때부터 내게는 하나의 문장이 있었다. 그 사람의 여동생 김옥희 씨가 인터뷰에서 한 말. "오빠의 데스마스크는 동경대학 부속병원에서 유학생들이 떠놓은 것을 어떤 친구가 국내로 가져와 어머니께까지 보인 일이 있다는데 지금 어디로 갔는지 찾을 길이 없어 아쉽기 짝이 없습니다." 무슨 소설을 쓸 것인가, 고민하던 끝에 갑자기 그 문장이 머릿속에 떠올랐다. 등단할 때, 나는 내 이름 중에서 한 글자를 '연' 자로 고쳤다. 고친 이름은 원고를 투고할 때마다 내가 사용하던 이름이었다. 그 무렵, 내가 쓰고자 하는 소설 목록의 제일 끝에 김옥희 씨가 말한 그 이상의 데스마스크에 대한 소설이 있었다. 계획에 따르면, 그러니까 일찌감치 인생이 내 뜻대로 풀렸다면, 나는 그 소설을 2010년쯤에 쓸 생각이었다. 이유는 간단했다. 스스로 내 그릇을 잘 알고 있었기 때문이었다. 나이가 들어 연륜이 생기면 아마도 그런 소설을 쓸 수 있을 것이라고 막연히 생각했던 것이다. 아마도 내가 쓸 수 있는 마지막 소설 말이다.

그런데 장편 연재 제의를 받고 보니, 말했다시피 그건 마치 내가 쓸 수 있는 마지막 소설을 써보지 않겠느냐는 제의처럼 여겨졌다. 과연 십 년 뒤에도(그러니까 지금쯤) 내가 소설을 쓸 수 있을지 확신이 가질 않았으니까. 당시 나는 문학적으로 아무런 자신감이 없었다. 그런 주제에 남들은 이미 다 아는 인생의 진리들도 모르고 있었다. 패배감에 푹 젖어 있었다. 십년 뒤에 내가 어떤 종류의 사람이 되어, 어디서 무슨 일을 하고 있을지 짐작조차 불가능했지만, 그러므로 그때도 내가 계속 소설을 쓰고 있을 것 같지는 않았다. 애당초 문학을 몰랐다면, 알지 않아도 좋았을, 다양한 종류의 고통을 나는 맛보고 있었으니까. 그래서, 오기에 가득 차서, 그렇다면 이상의 데스마스크에 대한 소설을 쓰자고 결심했다. 십 년 뒤에나 쓸수 있는 소설이라는 게 내게 있다면, 그건 지금 나는 소설가가 아니라는 소리일 뿐이지 않겠는가. 나는 그 창백한 얼굴을 뚫어져라 쳐다봤다.《고리오 영감》의 마지막 장면처럼 나는 그 창백한 얼굴과 대결하고 싶었다. 이게 두 번째 무모한 짓이었다.

그때 나는 내가 간절히 읽고자 하는 바로 그 소설을 쓰려고 했는데, 그때까지 나는 그런 종류의 소설을 한 번도 써본일이 없었다. 한마디로 말해서 나는 다른 사람들에게 보여주기 위한 소설을 써온 것이다. 그렇게 마음먹은 뒤, 소설을 쓰려고 컴퓨터 앞에 앉아보니 그건 도저히 내가 쓸 수 없는 소설이라는 게 금방 밝혀졌다. 그건 누군가 다른 사람이 써야만 하는 소설이었다. 하지만 이제 피할 방법은 없었다. 시작도 하지 못하고 끝나거나, 일단 시작하거나 둘 중의 하나였다. 그런 상황에서 나는 소설을 쓰기 시작했다. 쓰거나 쓰지 못하거나. 이 말은 곧 피해갈 방법은 없으니 무조건 써야만 한다는 뜻이기도 했다. 말했다시피 기자로 일하던 시절이었다. 회사에서 소설을 쓸 수는 없는 노릇이니 퇴근하면 바로 집에 돌아와 두 시간 남짓 잠을 잔 뒤, 열한 시부터 두 시까지 무조건 책상에 앉았다. 하루 중 그 세 시간만은 무조건 소설에 할애하기로 결심했기 때문이었다. 하지만 두 시간이 지나도록 책상에 앉아 있어도 문장은 흘러나오지 않았다. 한두 문장이라도 쓰게 되는 건 한 시 삼십 분이 지나면서부터였다. 그렇게 문장을 쓰게 되기까지의 괴로움과 자책감과 무기력은 이루 말할 수 없었다. (이로써 이상 때문에 알게 된 괴로움이 하나 더 추가된다.) 매일 나는 내 한계를 절감했다. 그렇게 두 달 정도를 보낸 뒤에 나는 겨우 첫 회 원고를 완성할 수 있었다.

하루에 15매를 쓸 수 있다면……

첫 번째 연재분을 쓸 때는 희망과 절망, 행복과 고통이 교차했다. 뭔가를 창작할 때, 사람은 그런 격한 감정 상태를 경험하게 되는 것인지도 모른다. 그런데 두 번째 연재분을 앞

두고는 오직 고통뿐이었다. 이루 말할 수 없을 정도로 거대한 벽이 나를 가로막고 있었다. 아무리 자료를 읽고 상상해도 그 벽을 뛰어넘을 방법은 보이지 않았다. 수없이 많은 도입부를 썼지만, 모두 허사였다. 첫 번째 연재분을 쓸 때는 한계를 절감하면서도 앞으로 나간다는 느낌이 있었는데, 이제는 오직 한계뿐이었다. 자기의 한계를 경험한다는 건 자신이 얼마나 형편없는 인간인지를 실감한다는 뜻과 마찬가지였다. 그래서 절대 한계 따위에 지고 싶은 마음은 없었다. 하지만 그런 다짐만으로 뛰어넘을 수 있다면 그건 한계라고 할 수도 없지 않을까. 결국 나는 마감일까지 두 번째 연재분을 쓰지 못했다.

지금이야 좀 다르지만, 그때만 해도 마감 못하면 소설 연재도 끝이라고 생각했던 시절이었다. 이로써 모든 게 끝. 이제 다시 실용서와 경제경영서를 읽으면서 그 나이가 되도록 배우지 못한, 세상 사는 법에 대해서나 공부하는 게 좋겠다는 생각이 들었다. 모든 걸 포기하니까 마음이 편했다. 그때 편집부에서 전화가 왔다. 출판사 사정 때문에 잡지가 한 호 쉬게 되었으니까 원고를 다음 마감일에 맞춰서 보내라는 것이었다.

다시 나는 2회분 원고를 쓰기 시작했다. 이번에는 어떤 희망도 갖지 않았고 그렇다고 그 어떤 절망도 내겐 없었다. 나는 이미 내 한계를 경험했으니까. 하루에 15매를 쓸 수 있다면 나는 만족했다. 좀 일찍 15매를 쓰게 되면 컴퓨터를 끄고 음악을 들으며 술을 마셨다. 대단한 일을 했으니까. 하루에 15매를 쓴다는 건 그처럼 대단한 일이었다. 어떤 날은 15매를 쓰지 못할 때도 있었다. 그럴 때는 계획을 수정했다. 어쨌든 다음 날에는 15매를 쓸 수 있을 테니까. 그렇게 하루에 15매의 원고를 쓰는 일이 그 당시 내가 바라는 유일한 소원이었다. 그런 게 소원이 되면 다른 모든 것들도 바뀌게 된다. 당연히 술을 잘 마시지 않는다. 기분 나쁜 일이 있어도 화를 내지 않는다. 심지어는 감기도 걸리지 않는다. 다음 문장이 생각나지 않으면 잠시 글을 멈춘다. 문장이 떠오를 때까지 기다린다. 다시 생각나면 써본다. 그런 식으로 바뀌게 된다.

그렇게 늘 같은 상태를 유지하며, 희망도 절망도 없이, 다시 두 달 정도 매일 밤 글을 썼다. 애당초 기대한 바가 없었기 때문에 이번에는 벽 같은 것도 없었다. 예정된 시간이 지나자 2회분 원고가 완성됐다.

지금도 나는 그때의 일을 잊지 못한다. 그때는 경기도 원당에 있는 25층 아파트 꼭대기층에서 살고 있었는데, 자정이 넘어 창밖을 바라보면 어두운 하늘로 비치는 내 얼굴뿐이었다. 쓰다 보면 문득 고독했다. 그 고독이란 그 누구도 나를 대신해서 문장을 적어주지는 않는다는 자명한 사실에서 비롯한 고독이었다. 처음에만 약간 흥분했을 뿐, 나는 내가 대단한 소설을 쓴다고 생각하지 않았다. 아니, 심지어는 소설을 쓴다는 생각조차 없었다. 오직 15매를 쓴다는 생각뿐이었다. 이 세상 그 누구도 대신 써주지 않는 15매, 온전히 내가 써야만 하는 15매.

그렇게 나는 글을 쓴다는 건 고독을 대면하는 일이라는 걸, 평생 글을 쓰겠다는 것은 평생 고독을 대면해야만 하는 일이라는 걸 알게 됐다. 축구장에 들어설 때만이 축구선수라 할 수 있는 것처럼 고독할 때만이 작가의 일은 시작된다는 것을. 그리고 얼마간 시간이 흐른 뒤, 놀랍게도 나는 그 고독이 따뜻하다는 사실을 발견했다. 아마도 그렇게 15매를 쓴 어느 날 밤에 깨닫게 된 사실일 것이다. 그 고독이 너무나 따뜻하다는 사실을 알게 된 순간부터 나를 둘러싼 모든 게 바뀌게 된 것 같다. 그건 그 어떤 실용서에도 나오지 않는 인생의 진리였다.

나는 그 따뜻한 고독에 중독되었다

아무래도 나는《꾿빠이, 이상》을 쓰고 나서 소설가가 된 것 같았다. 처음 연재를 시작할 때만 해도 이상과 정면으로 대결해서 이상을 아예 보내버리든가, 아니면 내가 더 이상 소설을 쓰지 못하거나 그런 식으로 끝장을 보겠다는, 지금 생각하면 낯 뜨거울 정도로 유치한 마음으로 그런 제목을 붙였는데, 연재를 끝내고 나니 그 제목이 의미심장해졌다. 내가 '꾿빠이'라고 말한 대상은 이상이 아니라 다른 어떤 것이라는 게 분명해졌으니까. 난 무엇과 헤어진 것일까? 여러 글에서 '꾿빠이'라는 말을 자주 사용했던 이상도 자신이 정확하게 무엇과 이별한 것인지는 말하지 않았으니까 나 역시 여기서 그게 뭔지 말하진 않겠다.

대신에 이런 말을 할 수 있을 것 같다. 그 소설을 다 쓰고 난 뒤, 난 내가 그 따뜻한 고독에 중독됐다는 사실을 알게 됐다. 그건 내가 도저히 쓸 수 없다고 생각하는 소설을 쓸 때에만 경험할 수 있는 감정 상태다. 반드시 그런 건 아니었지만, 한 동안 나는 독자들의 반응 같은 건 거들떠보지도 않는다는 듯 이 소설을 썼는데, 그건 소설을 쓰는 동안 내게 가장 중요한 게 바로 그 따뜻한 고독이기 때문이었다. 지금 나는 다시 십년 뒤의 일들을 생각하는데, 내가 어디서, 무슨 일을 할지는 짐작조차 할 수 없지만, 자명한 유일한 사실은 그때도 소설을 쓰고 있으리라는 점이다. 이런 확신이란 내가 저지르는 마지막 무모한 짓일지도 모르겠다. 그렇지만, 인생은 어떻게 바뀔지 아무도 모르는 일이지만, 나는 또 무엇을 향해 '굿빠이'라고 말할지 알 수 없지만, 그 따뜻한 고독의 순간만은 죽을 때까지 잊을 수 없을 테니까 말이다. 내가 지금까지 쓴 글 중에서 가장 좋아하는 구절은 다음과 같다.

어둠 속에 머물다가 단 한 번뿐이라고 하더라도 빛에 노출되어 본 경험이 있는 사람이라면 한평생 그 빛을 잊지 못하리라. 그런 순간에 그들은 자기 자신이 아닌 다른 존재가 됐으므로, 그 기억만으로 그들은 빛을 향한, 평생에 걸친 여행을 시작한다. 과거는 끊임없이 다시 찾아오면서 그들을 습격하고 복수하지만, 그리하여 때로 그들은 사기꾼이나 협잡꾼으로 죽어가지만 그들이 죽어가는 세계는 전과는 다른 세계다. 우리가 빠른 걸음으로 길모퉁이를 돌아갈 때, 침대에서 연인과 사랑을 나눈 뒤 식어가는 몸으로 누웠을 때, 눈을 감고 먼저 죽은 사람들을 생각하다가 다시 눈을 떴을 때, 몇 개의 문장으로 자신의 일생을 요약한 글을 모두 다 썼을 때, 그럴 때마다 우리가 알고 있던 과거는 몇 번씩 그 모습을 바꾸었고, 그 결과 지금과 같은 모습의 세계가 탄생했다. 실망한 사람들은 새로운 시대, 거대한 변혁의 시대에 대해서는 아무것도 모르는 척 살아갈 뿐이다. 그들은 그렇게 살아가도록 내버려두자! 그들에게는 그들의 세계가 있고, 우리에게는 우리의 세계가 있다. 이 세계는 그렇게 여러 겹의 세계이며, 동시에 그 모든 세계는 단 하나뿐이라는 사실을 믿자! 설사 그 일이 온기를 한없이 그리워하게 만드는 사기꾼이자 협잡꾼으로 우리를 만든다고 하더라도. 그 세계가 바로 우리에게 남은 열망이므로.

나쁜 버릇

2012년 제36회 이상문학상 대상

김영하

장소: 349호 면담실

일시: 2038년 1월 10일

조사자: 교정 담당관 이우리나

피조사자: 김영하(70)

밝고 환한 방. 검은 옷을 입은 교정 담당관 이우리나가 먼저 도착해 있다. 잠시 후 문을 열고 김영하가 들어온다. 홍채 인식을 통해 피의자의 신원을 확인한 이우리나가 의자를 당겨 앉는다.

"여기 왜 오셨는지는 알고 있습니까?"

이우리나는 긴 머리를 모아 끈으로 묶는다. 이목구비가 또렷하지만 차갑다는 인상만 줄 뿐, 미인이라는 생각은 들지 않는 얼굴이다.

"변호사가 아직 도착하지 않았소."

김영하가 주변을 두리번거리며 말한다.

"변호사가 오기로 되어 있었던가요?"

이우리나가 허공에 손을 젓는다. 그녀의 일정이 허공에 홀로그램으로 나타난다.

"아, 변호사가 오기로 돼 있군요. 그럴 필요가 굳이 없을 것
같은데요."

그 말이 끝나자마자 변호사가 들어온다. 간단한 인사를 나
누고 김영하 옆에 앉는다.

"자, 시작할까요? 지금부터 진행되는 모든 대화는 녹화됩
니다."

"알겠습니다."

초로의 변호사는 고개를 끄덕인다. 간밤에 잠을 설쳤는지
피곤한 기색이 역력하다.

"피의자는 정신개량법 3조를 지속적으로 위반해오던 중,
지난해 12월 25일에 긴급체포되었습니다. 맞습니까?"

"네, 맞습니다. 성탄절이었습니다. 혼자 저녁을 먹고 있는
데 기동경찰들이 창문을 부수고 들어왔습니다."

김영하가 답한다.

"혹시 신을 믿으십니까?"

이우리나가 묻는다.

"아니오."

"항소를 하시겠다고요. 맞습니까?"

"그렇습니다."

변호사가 답변한다.

"오늘의 이 면담은 항소에 앞서 피의자에게 1심의 판결을 신속하게 적용할 것인가, 아니면 항소 이후로 미룰 것인가를 결정하는 자리입니다. 이 면담을 통해 얻은 제 판단은 판사에게 제출될 것입니다. 피의자는 동의합니까?"

"아니요. 저는 그 법 자체에 동의하지 않습니다."

"왜죠?"

"그 법은 제가 만들지 않았습니다."

이우리나가 어이가 없다는 듯이 웃는다. 변호사는 민망한 듯 외면한다.

"그 법은 국민의 대표인 상원과 하원이 통과시켰고 국민의 절대다수가 지지합니다. 한반도 유일의 정통 합법 정부는 국민의 뜻에 따라 이 법을 충실히 집행하고 있습니다. 당신은 국민이 아닙니까?"

"나는 국민이기 이전에 작가입니다."

"개인으로서의 작가는 이제 존재하지 않습니다. 그리고 설령 그렇다고 해도 작가이기 이전에 당신은 국민입니다. 만약 그것에 동의하지 않는다면 이 나라를 떠나야 합니다."

변호사가 끼어든다.

"무의미한 논쟁은 서로 피합시다. 저의 고객이 정신개량법에 동의하지 않는다는 것은 이미 제출한 항소이유서에 적혀 있지 않습니까. 그리고 이 양반은 칠순의 고령입니다. 나라를 떠나기에는 너무 늦었습니다."

"항소이유서는 항소이유서고 면담은 면담입니다. 저는 저대로 피의자의 생각을 제 귀로 들을 필요가 있습니다."

"잠깐, 잠깐이요. 아까 말입니다. 오늘 면담의 결과에 따라 1심의 판결을 신속하게 적용할 수도 있다고 하셨는데 그게 무슨 뜻입니까?"

김영하가 묻는다.

"1심 판결 못 들었습니까? 정신개량법 3조를 위반해서 이렇게 거듭 처벌받는 것은 피의자에게는 못할 짓이고 국가로서는 불필요한 낭비 아닙니까? 그러므로 뇌에서 그런 문제를 일으키는 부분을 간단한 전기 자극과 약물 치료를 이용해 제거해드리겠다는 겁니다."

"제가 원하지 않는데도요?"

"왜 원하지 않지요? 원하세요. 마음의 평화를 얻으세요. 피의자와 같은 처지에 있던 많은 이들이 이 시술을 받은 이후에 마음의 평화를 얻었다고 증언하고 있습니다. 한번 보시겠습니까?"

"보지 않겠습니다."

김영하는 고개를 돌린다.

"제 고객은 사회에 피해를 줄 의도가 전혀 없습니다. 워낙 중독성이 강한 행위이고, 또 혼자 살다 보니 옆에서 누가 제어해줄 수도 없고……"

변호사가 변명하듯 말한다.

"외롭기도 하시겠고요."

이우리나가 비아냥거린다.

"……그렇죠. 중독성이 강하다고 해서 다 금지할 필요는 없는 것 아니겠습니까?"

"변호인께서는 지금 법률 자체를 문제 삼는 겁니까? 정신개량법 3조는 분명히 규정하고 있습니다. 개인이 국가의 허가 없이 소설이나 희곡, 영화 대본과 같이 이야기가 있는 작품을 창작하거나 이를 시도하는 것은 명백하게 불법입니다. 학계의 오랜 논의를 거쳐 49편의 장편소설과 139편의 단편소설, 999수의 시를 정전으로 정하고 이 이상의 무절제한 창작은 금하기로 이미 오래전에 결정을 내리지 않았습니까? 모든 국민이 아무 불만도 없이 이 법률을 준수하고 있는 마당에 이게 무슨 뚱딴지같은 항변입니까? 뭘 하라는 것도 아니고 그냥 하지 않으면 되는 일인데 그게 그렇게 어렵습니까? 혹시 국가의 권위와 국민적 합의에 그냥 도전해보고 싶은 겁니까?"

"제 고객은 그런 법률이 제정되기 이전부터 작가였습니다."

변호인이 말한다.

"그때는 국가조차도 문학 창작을 장려했습니다."

김영하도 조심스럽게 끼어든다. 이우리나가 얼굴이 벌게지도록 분노하며 책상을 친다.

"이거 보세요. 말이 되는 소리를 하세요! 문학은 이미 20세기부터 골칫덩어리였습니다. 마약이었다고요. 국가 경제와 국민 복지에 도대체 문학이 무슨 역할을 했습니까? 성실한 경제활동에 참여할 의사가 없는 실패자들이 골방에서, 그리고 곰팡내 풍기는 어두운 술집에서 끼리끼리 모여 퇴폐적인 글들, 보통 사람들은 이해할 수도 없는 글들을 지어내서 전파하여 한창 나라의 기둥으로 자라나야 할 젊은 영혼들을 타락시키지 않았습니까?"

"저는 그렇게 생각하지 않습니다. 문학은 꼭 필요합니다. 그러나 문학은 그 필요를 간단하게 설득할 수가 없는, 이 지상의 몇 안 되는 지적 산물입니다."

김영하가 고개를 들며 항변해보지만 이우리나는 들으려 하지 않는다.

"피의자가 낸 책을 봅시다. 첫 장편이…… 아, 여깄군요. 《나는 나를 파괴할 권리가 있다》. 제목만 봐도 어떤 책인지 알겠네요. 뻔뻔하게 이런 책을 내놓고도 문학이 꼭 필요하다, 뭐, 그런 말이 나옵니까?"

"제목으로만 판단할 수는 없지요."

변호사가 이의를 제기한다.

"내용도 가관입니다. 자살안내인이 사람들을 만나 자살을 설득하는 내용 아닙니까? 시작하자마자 인물들은 폭설이 내린 강원도의 도로에 고립된 채 카섹스를 하더군요. 지저분해. 도대체 자동차에서 섹스를 할 이유가 있습니까? 상상만 해도 불결하군요. 이런 글이 어디에 필요하다는 겁니까?"

"문학은 때로 독자를 불편하게 만들 수도 있습니다."

"불편한 물건이 이 세상에 존재할 이유가 뭐가 있습니까? 불편한 의자, 불편한 가방, 불편한 비행기를 좋아할 수 있습니까?"

"문학은 다릅니다."

"이 소설은 1996년에 발간되었군요."

이우리나가 기록들을 살핀다.

"네."

"그런데 저희가 조사한 바에 따르면 피의자는 1994년에

《오늘예감》이라는 잡지에 '나에게는 나를 파괴할 권리가 있다'라는 제목의 특집을 기획하고 이에 참여한 바가 있더군요. 맞습니까?"

"그렇습니다."

"특집의 제목들을 보면 충격적입니다. 타인에게 피해를 주지 않는 한, 환각을 보는 것 자체는 개인의 자유이니 허용해야 한다면서 이른바 '환각의 자유'를 옹호하고 있군요. 말이 그렇지 실은 마약을 합법화하라는 거죠. 그리고 투표하지 않을 권리, 노동하지 않을 권리에 관한 글도 있습니다."

"그걸 모두 제가 쓴 것은 아닙니다. 물론 그 특집에 대한 논의에 참여하기는 했습니다. 당시에 프랑수와즈 사강이 공항에서 마약 소지 혐의로 체포될 때 한 말이 인상적이어서 그걸 특집 제목으로 하자고 하기는 했었습니다. 결국 이 년 후에 제 장편소설의 제목이 되기도 했고요."

"반성의 기색이 전혀 엿보이지 않는군요. 무슨 아름다운 추억에라도 잠긴 분 같습니다."

이우리나가 비꼰다. 가쁜 숨을 몰아쉬는 노쇠한 김영하는 힘겹게 말을 이어간다.

"1994년에는 잡지가 그런 기획을 한다는 것 자체가 의미가 있었습니다. 1989년에 베를린 상벽이 무너지고 1993년에는 3당 합당을 한 김영삼이 대통령이 되었습니다. 그 잡지는 민중 후보 백기완 선거운동본부에서 문화 쪽 일을 했던 친구들이 주도했습니다. 정치적 분위기는 암울했지만 경제는 거품이 잔뜩 끼어 있었습니다. 돈은 넘쳐나는데 정신은 탈출구가 없던 시대였습니다. 80년대 운동권의 집단적이고 키치적인 문화도 싫었고 기성의 고답적인 문화에도 진절머리를 내고 있었기 때문에 일종의 위악적인 선언들을 전면에 내세우면서 나름의 돌파구를 모색하고 있었던 겁니다."

"무슨 소리인지 도무지 모르겠군요. 어쨌든 그 잡지에서 피의자는 어떤 역할을 했습니까?"

"저는 그 선거운동에도 참여하지 않았고 그 잡지를 창간하는 데도 관여하지 않았습니다. 나중에 우연히 피시통신으로 만난 사람들을 통해 그들을 알게 되어 몇 편의 짧은 소설과 산문을 기고하고 어울려 술을 좀 마신 게 전부입니다. 저는 그 특집을 만든 일 년 후인 1995년에 〈거울에 대한 명상〉이라는 소설로 등단을 했습니다. 잡지 시절에 형성된 태도랄까 철학이랄까 하는 것들이 이후에도 오랫동안 제 문학에 영향을 끼쳤습니다."

"그런 것 같더군요. 〈거울에 대한 명상〉, 이 소설도 읽기가 아주 악질이더군요. 두 남녀가 한강변을 따라 걷다가 폐차된

자동차의 트렁크에 장난삼아 들어간다. 그런데 여자가 트렁크를 닫는 바람에 둘은 거기에 갇히게 되고 절망적인 섹스를 계속하다 거기에서 죽는다. 뭐 그런 내용이죠? 도대체 이런 퇴폐적이고 암울한 소설을 쓰는 저의가 뭡니까? 보통 데뷔작이라면 뭔가 진지한 어떤 것을 쓰는 것이 보통인데 피의자는 처음부터 아예 사회를 망칠 작심을 하고 나선 것 아닙니까?"

"밤에 잠이 오지 않아 친구와 전화 통화를 하고 있는데 문득 한강변에 버려진 폐차 트렁크에서 섹스를 하는 남녀가 떠올랐습니다. 그래서 전화를 끊고 밤을 새워 그걸 썼지요. 무슨 특별한 목적을 위해 쓴 것은 아닙니다."

"나쁜 버릇의 뿌리가 아주 깊군요. 그러니까 이십 대 중반부터 이미 아무 목적도 없이, 사회와 국가에 기여할 그 어떤 선한 의도도 없이, 오직 자기만족만을 위해 써왔다는 거지요? 공익이라는 개념은 아예 피의자의 머릿속에 들어 있지 않았군요."

"아까도 말했듯이 그때는 정신개량법이 존재하지 않았습니다. 그때는 오히려 그런 태도를 상찬하기도 했습니다. 어떤 의도도 목적도 없이 자기 골방에 틀어박혀 신들린 듯이 작품을 쓰는 모습은 사람들이 흔히 떠올리곤 하는 작가의 전형이었습니다."

"이해할 수가 없군요. 어떻게 그런 시대가 존재할 수 있었는지. 하긴 그렇게 모순이 극에 달했으니 오래지 않아 그 시대가 종말을 고하고 이렇게 건전하고 활기찬 새로운 시대를 맞이할 수 있었겠지요."

이우리나는 스스로 감정에 겨워 몸을 떤다. 김영하가 무슨 말인가를 하려 하자 변호사가 옆구리를 찌르며 만류한다. 마음을 가라앉힌 이우리나의 말이 이어진다.

"그 이후로도 피의자는 계속 이상한 소설들을 써왔더군요. 〈거울에 대한 명상〉 이후에 발표한 게 〈나는 아름답다〉였죠? 이것도 자살에 관한 이야기군요. 자살하는 여자를 사진작가가 사진으로 찍는다는 얘기 맞죠? 그러고는 남편이 흡혈귀라고 의심하는 여자, 벼락을 맞으러 다니는 동호회원들, 십자드라이버를 숭배하는 연쇄살인범······ 혹시 정신이 어떻게 된 것 아닙니까? 정말 무슨 마약이라도 했던 겁니까?"

"그것은 초기작들입니다. 제 고객이 이십 대에, 그러니까 테스토스테론이 과다 분비되던 시절에 쓴 거라는 점을······ 삼십 대에 들어서면서 《검은 꽃》이라든가 《빛의 제국》 같은 장편에 집중하면서 좀 달라집니다. 그런 점도 주목을 하셔야······"

김영하가 이의를 제기한다.

"달라진 것 없어요. 내 소설들은 자세히 보면 다 이상합니다. 뭐가 달라졌다는 겁니까?"

이우리나가 피의자의 말꼬리를 잡아챈다.

"그렇게 이상할 수밖에 없었던 어떤 계기라도 있었습니까?"

"군대 생활을 헌병대 수사과에서 보냈습니다. 배치된 첫날, 고참이 네거티브 필름과 사진 한 다발을 던져주고는 '좋은 사진'을 골라놓으라고 하더군요. 확대해서 부대 게시판에 붙여놓아 병사들의 경각심을 고취시키려는 것이었습니다. 사진은 현장에 출동한 헌병대 수사관들이 자동카메라로 찍어온 것들이었습니다. 지뢰에 다리가 날아간 사진, 철로에 뛰어들어 자살한 사진, 목을 매달아 자살한 사진, 독을 마시고 방에 쓰러져 있는 사진, 총으로 자기 머리를 날려버린 사진들이었습니다. 일단 사진 더미 속에서 '좋은' 사진, 그러니까 가장 끔찍한 것들을 골라낸 후엔 네거티브 필름들을 루페도 없이 들여다보며 해당 사진의 원본 필름을 찾아야 했습니다. 네거티브가 뭔지 담당관님은 모르시겠지요. 그게 말이죠. 맨눈으로는 잘 보이지가 않습니다. 명암도 반대로 뒤바뀌어 있고 크기도 작으니까요. 집중해서 살피지 않으면 엇비슷한 엉뚱한 필름을 고르게 되니 사진의 세부 하나하나를 유심히 살펴야 했습니다. 하루 종일 그거 들여다보고 있자니 욕지기가 자꾸 올라와 한 이틀은 밥도 제대로 먹을 수가 없었습니다."

"그때는 얼굴 인식하는 기능이 없었나 보죠?"

"워드프로세서용 컴퓨터가 겨우 사단 본부에나 보급되기 시작하던 때의 일이니까요."

"계속 말씀하시죠."

"그 시절에 죽음을 많이 봤습니다. 특히 자살이 많았습니다. 훈련소 동기였던 친구도 약을 마시고 죽었습니다. 그 사건의 조서도 제가 타이핑을 했지요. 제 소설에 죽음이 많이 나오는 것도 그래서일 겁니다."

"지금 변명하시는 겁니까?"

"마음속에서 어떤 변화가 일어나는지는 시간이 지난 후에야 알게 됩니다. 그리고 그것을 가장 잘 알게 되는 것은 자신이 쓴 소설을 통해서입니다. 아주 오랜 시간이 지나서야 왜 그 소설을 썼는지를 알게 되는 것입니다. 그래서 문학을 자기 구원의 예술이라고 부르는 것입니다."

이우리나가 코웃음을 친다.

"자기 구원이라고요? 지금은 2038년입니다. 마음의 문제는 곧 뇌의 문제라는 걸 세 살 먹은 어린애들도 다 알고 있어요. 뇌에 저장된 부정적인 정보와 트라우마는 얼마든지 기술적으로 제거할 수가 있는 시대입니다. 도대체 마음속에 그렇게 어두운 것을 그토록 오래 담아두었다가 그것도 모자라 글이라는 전근대적 미디어로 남겨야 할 이유가 뭔지 도무지 모르겠군요. 타인에게 쓸데없이 부정적인 영향을 끼치고 싶어하는 변태라면 모를까. 정말 이해가 안 되는군요."

"이해받을 거라는 기대는 없습니다."

변호사가 손을 든다.

"고객과 잠시 대화를 좀 했으면 합니다."

"잘됐군요. 그러지 않아도 좀 쉬려던 참인데. 손 좀 씻고 올게요."

이우리나가 밖으로 나가자 변호사는 김영하에게 몸을 기울이며 속삭인다.

"쓸데없는 말을 너무 많이 하지 마십시오. 왜 저 여자가 잠자코 듣고 있겠습니까? 지금까지 하신 얘기가 밖으로 흘러나간다고 생각해보세요. 난리가 날 겁니다. 분명히 언론에 흘려서 경각심을 심어주는 사례로 삼을 겁니다. 봐라. 정신개량법이 시행된 지가 언제인데 아직도 이런 정신적 테러범이 지하에서 암약하고 있었다. 경계를 늦춰서는 안 된다. 여기 국민정신의 타락을 꿈꾸며 신념을 갖고 행동하는 확신범이 있다. 이런 식으로 선전할 겁니다."

"그런다 해도 상관없습니다. 살 만큼 살았습니다."

"이건 제가 궁금해서 그러는데요. 도대체 발표도 못할 글을 국가의 허가도 없이 계속 쓰는 이유가 뭡니까? 솔직히 이제 소설을 읽는 사람도 없지 않습니까?"

"쓸 수 있으니까요. 그리고 그것밖에 할 줄 아는 일이 없으니까요."

"그래도 시대가 바뀌었는데 좀 참을 수도 있는 것 아닙니까. 굳이 사서 고초를 당할 이유가 있습니까?"

"나는 구시대의 사람입니다. 맞습니다. 나도 압니다. 지금 같은 시대에 굳이 텍스트라는 불편하기 짝이 없는 도구로 소설이라는 무용한 것을 만들어낼 이유가 없지요. 지금 사람들에게 필요한 것은 몇 개의 손가락입니다. 그것으로 선택만 하면 됩니다. 선택, 선택, 선택. 사람들은 끝없이 뭔가를 선택합니다."

"요즘은 뇌파로 선택합니다."

변호사가 정정하지만 김영하는 개의치 않는다.

"그놈의 기술, 기술, 기술. 현대는 기술의 파시즘입니다. 문제는 사람들이 그게 파시즘인 줄도 모른다는 거예요. 어쨌든 소설을 쓴다는 것은 그것과 전혀 다른 종류의 일입니다. 소설은 무에서 시작해 스스로에게 선택을 부과합니다. 수백 갈래의 선택들을 거친 후에 그 선택의 흔적들을 삭제해나가는 것입니다. 그게 소설 쓰기입니다. 선택을 해나가는 것은 맞지만 처음부터 끝까지 그것들을 스스로 만들어간다는 점에서 다릅니다. 그래서 소설을 쓰는 사람의 뇌에서는 전혀 다른 일이 벌어집니다. 아주 신비로운 것입니다. 나는 그것에서 벗어날 수도 없고 그럴 생각도 없습니다. 이미 나의 정신이 그렇게 조직되어 있단 말입니다. 남이 선택하라고 정해놓은 아이콘만 손가락으로 누르면서는 살 수가 없어요."

"글쎄, 요즘은 뇌파로 한다니까요."

"지금 그게 중요한 겁니까?"

"물론 그건 아니죠. 어쨌든 여기 갇혀 있는 한 아무것도 할 수가 없잖아요? 그 좋아하시는 걸 계속하기 위해서라도 일단 저들에게 협력하는 척이라도 해서 빠져나가는 게 급선무입니다."

"빠져나가도 저들은 다시 잡아들일 겁니다. 내 뇌를 스캔해보기만 해도 내가 글쓰기를 그만두지 않았다는 걸 알 수 있을 테니까요."

이우리나가 돌아온다. 자리에 앉으며 옷매무새를 가다듬고 피의자에게 시선을 던진다.

"기록에 보니 어려서 기억을 잃으셨다고요."

"네."

"그때 뇌에 무슨 충격을 입은 것 아닐까요?"

"그건 연탄가스 중독 사고였습니다. 열 살 때의 일입니다. 육군 소령이었던 아버지는 부대에 있었고 어머니와 저는 양평의 한 단칸방에서 잠들어 있었습니다. 군인 가족들에게 세를 놓으려고 날림으로 지은 그런 셋방들이 많았습니다. 아침에 주인이 발견해서 병원으로 옮겼습니다. 우리는 고압 산소통에 들어가는 처치를 받았습니다. 그때는 그런 사고가 많아서 시골 병원에도 그 정도의 설비는 있었습니다. 내가 먼저 깨어났고 어머니는 나중에 깨어났습니다. 정신을 차려보니 어머니가 흰 시트 위에 죽은 듯이 누워 있던 모습이 최초의 기억입니다. 거기서 바나나라는 것을 처음 먹었습니다. 맛있더군요."

"그 이전의 기억이 없다는 걸 발견한 건 언제인가요?"

"작가가 된 이후입니다."

"그 이전에는 몰랐습니까?"

"아이들은 과거를 즐겨 회상하는 존재가 아닙니다. 현재와 미래만 생각합니다. 마치 요즘 사람들처럼요. 군인인 아버지를 따라 계속 옮겨 다녔기 때문에 적응은 저에게 아주 중요한 문제였습니다. 낯선 곳에서 새로운 친구들과 살아야 했습니다. 스물여덟 살에 작가가 되고 나서야, 그러니까 뭔가 유년의 기억을 더듬기 시작한 후에야, 내 유년의 한 부분이 뭉텅이로 삭제됐다는 걸 알게 된 겁니다."

"아마 그때 피의자의 뇌에 뭔가 큰 충격이 가해졌던 게 분명합니다. 그러니까 지금도 이렇게 범죄 충동을 억제하지 못하는 것 아닐까요?"

그 얘기를 들은 김영하가 방에 들어온 이후 처음으로 입가에 웃음을 머금는다.

"원래는 천재였는데 그 사고 이후로 평범한 애가 됐다. 이게 제 친척들이 믿고 있는 것이고요. 원래는 바보였는데 그 사고 이후로 그나마 이 정도의 지능을 갖게 됐을 것이다. 이게 제 친구들이 주장하는 이론입니다."

"본인은 어떤 쪽입니까?"

"이전의 기억이 없으니 알 도리가 없지요. 저는 강원도 화천에서 태어나 대구, 전라도 광주, 진해, 양평, 파주, 서울을 옮겨 다니며 자랐는데 양평 이전의 기억만 깨끗하게 소거돼 있습니다."

"그게 범죄 성향, 그러니까 정신개량법을 상습적으로 위반하는 데 어떤 영향을 끼쳤다고 보는 건가요?"

"유년이 그렇게 텅 비어 있다는 것을 생각할 때마다 기묘한 기분에 빠져들게 됩니다. 돌아가야 할 곳이 없다는 기분. 닻이 없는 상태로 끝없이 항해 중이라는 기분. 영원히 안정감을 느낄 수가 없습니다. 모성에 대한 원초적 기억도 없고 고향이나 가족에 대한 회귀의 충동도 없습니다. 영혼 어딘가에 커다란 구멍이 뚫려 있다는 느낌입니다. 소설은 그 깊고 어두운 구멍에 뭔가를 던져 넣는 행위입니다. 아무리 기억이 없다고 해도 내 삶이 양평의 고압 산소통 속에서 시작됐을 리가 없지 않습니까? 뭔가가 있겠죠. 글을 쓰고 이야기를 만들어냄으로써 실은 제 과거를 창작하고 있는 겁니다. 그 구멍을 메우고 있는 거라고요."

"그래서 멈출 수가 없으시다?"

"아, 잠깐."

변호사가 손을 들어 제지한다. 대답을 하지 말라는 눈짓을 김영하에게 한다. 그러나 김영하는 입을 연다.

"그렇습니다."

변호사가 고개를 절레절레 저으며 몸을 의자의 등받이에 기댄다. 이우리나가 의미심장하게 웃으며 질문을 이어간다.

"과거의 트라우마가 없는 사람이 어디 있겠습니까? 다른 사람들은 국가와 세계가 인정한 다른 위대한 작가들의 작품, 즉 고전으로부터 더 나은 위안과 통찰을 얻고 있는데 왜 당신만은 자기가 쓴 작품이 필요하다고 주장하는 겁니까? 과대망상입니까?"

"제가 쓰는 것들이 그 작품들보다 위대하다고 말하는 게 아니라 제가 제 손으로 글을 쓰는 과정이 필요하다고 말하는 겁니다."

"면담은 여기서 마치기로 하지요."

이우리나가 허공에 떠 있는 화면들을 정리하며 말한다.

"결과는 언제 알 수 있습니까?"

변호사가 묻는다.

"지금 알려드리겠습니다. 피의자는 정신개량법 3조를 준수할 의사가 전혀 없는 확신범으로 1심의 판결대로 즉각적인 치료와 구금이 요구된다는 게 제가 제출할 의견입니다. 제가 이 일을 많이 해봐서 아는데 막상 치료를 받은 수감자들의 만족도는 대단히 높습니다. 엄선된 고전들로 둘러싸인 아름다운 도서관에서 적응 기간을 거치게 되는데요. 거기서 감히 자기 글을 쓰려는 자는 아무도 없었습니다. 다들 독서만으로도 충분한 기쁨을 얻고 있었습니다. 단 한 명만이 고전에 주석을 다는 방식으로 글을 써오다가 다시 처치를 받기는 했습니다만 정말 드문 예지요. 가끔 약물이 뇌에서 거부반응을 일으키는 경우가 있거든요. 부작용은 어디에나 있게 마련이니까요."

경비원이 들어와 김영하의 양팔을 잡는다. 김영하는 발버
둥을 치며 소리를 지르지만 경비원이 수면장치로 뇌를 잠재
우자 곧 얌전해진다. 변호사가 항소하겠다고 말하자 이우리
나는 자신만만하게 대꾸한다.

"쓸데없는 짓이라는 거 잘 아시잖아요? 항소에서 승소해봐
야 그때 저분은 이미 전혀 다른 사람이 되어 있을 테니까요.
그리고 저 양반이 그런 일을 처음 겪는 것도 아니잖아요? 잘
적응할 겁니다."

모두 퇴장하자 방에 불이 꺼진다.

'소설 나부랭이'를
읽으며
시작된 작가의 길

1997년 제21회 이상문학상 대상

김지원

너무나 좋고 고마운 나의 이생

　서양 철학자들의 말이나 중국 고전의 글귀, 성경, 불경의 구절을 외워 대는 사람들을 보면 전에는 유식을 자랑하는 것 같아 답답하고 지루했었는데, 나이 들어갈수록 나도 그렇게 되어 간다. 무얼 좀 깨달은 것 같아 얘기를 하려고 보면, 그것을 너무나도 지혜롭게 설명해놓은 얘기가 이미 있으므로, 내 말을 따로이 보탤 필요를 느끼지 못한다. 그래서 듣는 이들을 하품으로 눈물 솟게 하는 줄 알면서, 나 자신에게도 들려주고 싶어 그런 성현명철聖賢明哲의 말이나 글귀들을 자주 인용하게 된다.

　　보이는 것이나 안 보이는 것들이 처음 한낱에서 비롯되어
　　큰 하나가 열리는 것이니

—《천부경》에서

나는 이생이 너무나 좋아서 내생來生으로 가기 전에 그 고마움을 어디엔가 표시해야 할 것 같은데, 아무것도 못 하고 하루하루를 지내고 있다. 좋고 고마운 나의 이생은 아버지와 어머니로부터 비롯되었으며, 물과 엿이 녹아서 엿물이 되듯 그 안에 형제와 자식과 친구, 스승, 나아가 우리 민족에 대한 동포애, 더 나아가 인류애까지 깃들어 있다. 문득 바늘귀보다도 좁아터진 나의 마음이 지금은 이 세상에 계시지 않는 부모님 생각에 미치게 되면, 생존해 계셨을 때 어리석게 굴었던 것을 보상이라도 하려는 듯 감당도 못하게 마구 넓어지며, 하늘과 땅에서 우주와 지구로 뻗어 가고 확장된다. 그렇게 나의 상념의 세계는 천맥과 지맥과 인맥이 창세기인 듯 함께 어울려 소용돌이친다.

지금은 저세상에 계신 세 분 아버지와 세 분 어머니

동생 채원이의 지난 생일에는 그리니치 빌리지에 있는 세인트 앤서니 성당으로 가서 촛불을 켰다. 크리스마스가 임박한 때여서 예수의 말구유 탄생 장면을 비롯해 다양한 행사를 준비하고 있었으며, 성탄 장식이 반짝거리는 등 축제 분위기로 들떠 있었는데, 어떤 청년이 유년반 아이들을 데리고 크리스마스 캐럴을 연습시키고 있는 장면이 특히 내 눈길을 끌었다.

어린 시절 할머니를 따라서 다니던 덕소의 예배당과 동네 아이들을 따라다니던 서울 동숭동의 동숭교회가 생각났고, 그때 어린이들을 지도했던 매력적인 젊은 선생님들이 생각났다. 그날 채원이와 함께 촛불을 켜며 형제는 참, 같은 사람이라고 불러도 좋을 정도로 부모, 조부모, 조국 등 똑같은 것을 가졌다는 사실을 새삼스럽게 느꼈다. 채원이와 나는 다른 사람들과 달리 아버지가 세 분, 어머니도 세 분 계신다. 형제도 아홉이나 되는데 파인巴人 김동환金東煥 아버지와 신원혜 큰어머니는 4남매를, 최정희 어머니와 일찍 세상을 뜬 영화감독 김유영 아버지는 아들 하나, 그리고 우리에게 호적을 주신 김유영 아버지의 동생 되시는 김영식 아버지는 남매를 낳으셨다. 지금 세 분 아버지와 세 분 어머니, 그리고 삼 형제는 저세상에 계신다. 그분들은 우주에 가득 차고, 나는 귀를 활짝 열어 놓은 채 그 우주가 내게 하는 말이 무엇일까 하고 귀를 기울인다.

작년에는 김영주 언니가 시집을 내서 파인의 세 딸이 문학을 한다고 여성 잡지 같은 곳에서 화제성 질문을 받기도 했다. 채원이와는 너인지 나인지 모르게, 어떤 때는 집의 아이들 이름을 부른다는 게 채원이의 이름을 부를 정도로, 서로의 생활에 막 참견을 해가며 성가실 정도로 정을 퍼부었으나, 혈

연血緣의 아버지를 함께 가진 김영식 오빠와 김영주 언니는 다른 면으로 꿈같이 사모한다. 그분들을 생각하면 가장 선하고, 가장 아름답고, 가장 지극스러운 마음이 우러난다.

김영식 오빠는 내가 초등학교 2학년에 올라갈 때 납북되신 '파인 김동환'의 모든 원고를 찾아 정리하는 일에 심혈을 기울이고 있다. 실로 하늘이 낸 효자의 모습을 보는 것 같고, 사랑은 직관적으로 순수하게 하는 것이라 저절로 그런 노력이 되는 것일까 싶다. 김영식 오빠는 채원이에게 우리들이 다 잘 돼야 한다며, 한집에서 문인이 셋이나 나왔으니 얼마나 좋으냐고 말했다고 한다. 셋은 무슨 셋? 대통령 셋도 아니고 의사 셋도 아니고, 문인 셋. 어떤 집에선 이거 야단났다 할 수도 있는 일이겠다.

너무나 행복했던 유년의 뜰

나는 1942년 11월 30일생으로, 여섯 살까지 경기도 덕소에서 아주 행복하게 살았다. 어른이 되어 돌이켜보니 그저 행복한 시절이었다가 아니라, 어린애임에도 너무 행복해서 어쩔 줄을 몰라 했다. 어머니, 아버지, 할머니가 너무 좋았고 우리 집이 너무 좋았다. 시골 풍경이 너무 아름다워 사는 일이 재미가 있었다. 아버지는 자식들을 학교에 안 보내겠다고 했으나, 학교 다니는 아이들이 부러워 울며불며 떼를 써서 여덟 살에 서울 창경초등학교에 들어갔고, 대구 피난지에서 수창초등학교를 졸업한 후 이화여중고를 거쳐 이화여대 영문과를 다녔다. 학창 시절에는 별로 뛰어난 구석이 없었는데, 2학년 때 《여원》 신인문학상에 응모한 〈늪 주변〉이란 소설이 당선되었던 기억이 있다.

좋은 분들, 유명한 분들, 재능 있는 분들을 많이 만난 어린 시절

집에는 항상 책이 있었는데 어릴 때부터 《학원》지와 학원사에서 나온 어린이 문고는 물론이고, 《여원》, 《여상》, 《아리랑》 같은 어른 잡지들도 닥치는 대로 읽었다. 독서로 교양을 넓히겠다고 하는 그런 생각은 전혀 없이 순전히 재미로, 재미있는 것만 읽었다.

잡지에 실린 소설을 삽화까지 자세히 보고 아껴 읽으면서, 소설은 '소설 나부랭이'로 공부를 안 하고 읽기만 하는 것이 자랑스럽지 못한 것이라는 걸 알았다. TV가 있는 시절이었다면 책을 그렇게 읽었을까 싶다. 아마도 공부는 안 하고 TV만 본다고 걱정을 들었을 것이다.

그래도 사람마다 다르기는 한가 보다. 채원이는 그처럼 책이 많건만 하나도 안 읽고 나가 놀기만 했다. 집에는 우리들이 언니, 오빠라고 부르는 젊은 사람들이 많이 놀러 왔고, 놀다가 자고 가기도 했다. 오빠가 노래를 좋아해서 아코디언 소리, 기타 소리, 노랫소리가 끊이지 않았고, 집에 온 언니들과 《제인 에어》의 로체스터 같은 남자가 좋은가, 《바람과 함께 사라지다》의 레트 버틀러가 좋은가, 일본 소설 《만가》의 가쓰라기가 좋은가, 그런 얘기꽃을 피우기도 했다. 그런 얘기는 해도 해도 끝이 없었다.

참혹했던 한국전쟁을 겪고 허물어져 가는 집, 아픈 데가 많은 어른들, 가난, 그런 어두운 삶의 부분으로 인해 오히려 더욱 밝게 떠오르는 추억의 장면들이다.

그리고 지금도 자랑하고 싶은 것은 채원이와 나는 가족 관계로도 남보다 사랑을 받았지만, 어머니로 인해 좋은 분들, 유명한 분들, 재능 있는 분들을 많이 만났다는 사실이다. 하나도 귀엽지 않은 모습으로 이제는 전설같이 되어 버린 그분들을 아저씨, 아줌마라 부르며 버릇없이 굴던 일이 부끄러워지며 또한 몹시 그립다.

곡마단 집 아이들은 다 곡마를 한다고, 나는 작가 되는 일을 쉽게 생각했었다. 나는 시인 아버지와 소설가 어머니의 자식이었으며, 늘 가까이 대하는 '아저씨', '아줌마'들이 신춘문예 혹은 현상문예 심사위원들이라 그렇게 착각했다. 게다가 채원이와 내가 대학에 다닐 무렵에는 우리 집에 놀러 오는 젊은 문인도 많았다. 예를 들어 오정희, 김청조, 김승옥, 김문수, 서영은, 김영태, 이제하, 송상옥, 이재연, 조문진 등(그 누구 이름을 하나라도 빼놓았는가 염려스러운데……). 그들 모두는 김현, 김치수, 염무웅 같은 젊은 동료 평론가들과 활동하는 신예 작가들이었는데, 나만이 작가가 아니었다. 채원이도 물론 작가가 아니었으나 여기서 채원이를 거론할 여지가 없는 것이, 그때 채원이는 작가가 될 것 같지도 않았고 되고 싶어 하지도 않았다. 미술 숙제도 힘들어하는 미술 전공 학생이었다.

그 시절 나는 신춘문예에 가명으로 응모를 했는데 다 떨어졌다. 네가 추풍낙엽처럼 떨어지는구나. 어머니는 그렇게 실망 어린 한마디를 던졌다.

우리 집은 문인의 집이라 해도 책만 많았지 집 안에 예쁜 찻잔이 있다거나 아름다운 커튼이 쳐 있다거나 하는 멋이 없었고, 어쩌다 눈에 띌 만한 것이 있다면 채원이와 내가 이대 입구에 있는 선물 가게에서 하나씩 사온 것이었다. 그런 우리들에게 김영태 씨가 예술의 향기, 인생의 향기를 몰고 왔음을 얘기 안 할 수가 없다. 우리가 입고 있는 옷이나 신고 있는 구두를 보며 스페인의 무희 같다, 라든가, 〈부베의 연인〉에 나오는 크로디아 카르디날레 구두 같다고 말해줘서 삶을 마술같이 변화시켰다. '누아르'라는 이름의 찻집, 맛있는 커피, 연극, 무용, 음악 이야기를 휘감고 자신을 초개草芥라고 낮추며 사는 일 자체를 예술로 만들었다. 러시아 여자같이 생긴, 눈이 큰 여자를 만났는데 좋다고 하더니 그 여자와 결혼을 했다.

'감옥'에 갇힌 인간을 풀어 주는 문학

1973년 미국으로 오기 전에 〈사랑의 기쁨〉으로 《현대문학》에 황순원 선생님의 1회 추천을 받고, 미국에 와서 〈어떤 시작〉으로 추천을 마쳤다. 서른두 살 때였다.

그 무렵은 일본에 그림 공부하러 갔던 채원이가 미국으로 와서 1년쯤 계속 공부를 하다가 또다시 파리로 그림 공부를 하러 가기 전인데, 뉴욕 맨해튼 지하철 속에서 글을 쓰겠다고 해 내가 깜짝 놀라며 말렸다. 채원이가 글을 쓸 줄은 몰랐었고, 또 외국에 나와 보니 같은 예술이라고 해도 그림이나 음악, 무용은 잘 받아들여지지만, 언어의 장벽 때문에 문학은 거의 길이 없는 듯이 보였었다. 그 후 결국 채원이와 같이 소설을 쓰게 되었지만, 보통은 서로의 글을 잘 안 읽고 지낸다. 글을 쓸 때 마음의 자유를 가지라는 상대방에 대한 배려와 격려, 그리고 미음이 죄여서 서로의 작품을 읽기 어려운 면도 있어서다.

나는 나이 들어가면서 작가라는 사람들이 더욱 좋아진다. 글을 몇십 년씩 쓴 사람은 절대 나쁠 수가 없다고 생각한다. 너는 이러니 좋은 사람, 너는 이러니 나쁜 사람, 너는 이러니 미친 사람. 이렇게 인간에게 딱지를 붙여 분류해 감옥에다가 딱딱 집어넣는 지식이 있다면, 그 감옥에 갇힌 인간을 풀어주는 일을 하는 것이 문학이라고 나는 믿고 싶다. 돌이켜보면 '소설 나부랭이'라고 생각되지만, 그래도 재미있었기 때문에 읽기 시작했고 마침내 작가의 길로 들어서 꾸준히 좋은 작품을 쓰려고 애썼던 나의 삶. 이제는 소설만 가지고도 인간을 교육시킬 수 있는 길이 있다고 생각하게 되었다.

나는 가끔 사람은 동그라미라는 생각을 한다. 이리 봐도 절대 안전한 동그라미이고, 저리 봐도 절대 안전한 동그라미인데, 살아가며 여러 경험을 하는 동안에 이해의 영역이 넓어지면 그 동그라미는 커진다. 아니, 안 커지고는 배겨 낼 수가 없다. 나는 장차 아주 큰 원으로 퍼져 우리나라의 개국 신화와 설화들을 이해해보고 싶다. 불가능한 줄 알면서도 그날을 바라보며, 그동안에는 다른 소설들을 쓰고 있을 것 같다.

자서전은
얼어 죽을

2010년 제34회 이상문학상 대상
박민규

인간人間

 겨우 이 년 전에 한 칸의 작업실을 마련할 수 있었다. 당연한 얘기겠지만 그 후 많은 시간을 이곳에서 보내고 있다. 작업실을 얻었어요, 말하면 대개 산속이나 절간 같은 곳을 떠올리곤 하는데 그렇지 않다. 오전과 오후, 야채를 실은 트럭이 골목골목을 도는 지극히 평범한 주택가의 단칸방이다. 이 평범한 풍경과 분위기를, 공기를 나는 좋아한다.

 글을 쓰는 시간은 생각보다 많지 않다. 주로 이곳에서 나는 공부工夫를 한다. 문학가니 소설가니, 작가여서가 아니라 인간이기 때문이다. 나조차도, 이 터무니없고 말도 안 되는 나라는 괴물도 실은 알고 보니 인간이었기 때문이다. 턱없이 늦은 공부고, 물론 독학이다. 그래서 최선을 다한다. 아무것도 모르고 태어난 인간이기 때문이며, 아무것도 모르고 글을 쓰기 시작한 인간이기 때문이다. 다 그렇지 뭐, 라고 하기엔 나라는 인간이 너무나 불쌍하다. 공부는 불쌍한 인간이 스스로에게 바칠 수 있는 유일한 공양供養이다. 누가 뭐래도, 나는 그렇다고 생각한다.

글을 쓰는 행위나 방법에 대해선 사실 무관심하다. 내게 소설은 '그냥' 쓰면 되는 것이었다. 창작의 고통이란 말을 들을 때마다 그래서 늘 기분이 이상하다. 그냥…… 쓰면 되는 거잖아, 절로 그런 생각이 들기 때문이다. 어떻게 써야 고통스럽지? 그런 고민을 한 적도 있었다. 물론 잠시였다. 마조히즘에 특별한 취미가 있는 것도 아니고 해서

내 복이지 뭐, 라고 생각해버린 지 오래다. 그래서 '그냥' 쓴다. 대신 꾸준히, 열심히 쓴다. 열심히만 하면 될 일을 열심히 하지 않는 건 그야말로 바보라는 생각이 들어서다. 오히려 관건은 늘 물리적인 것이었다. 체력과 에너지, 어깨의 통증, 프린터에 남아 있는 잉크의 분량, 몇 장 남지 않은 A4지의 매수, 즉 그런 것들(설마 이런 걸 가지고 고통이라 떠드는 건 아니겠지). 나는 소설을 정신적인 것이라 생각하지 않는다. 이것은 '물질'이다. 유기적이고 다분히 물러 보이긴 해도 분명한 물질이다.

그래서 오히려 수학과 공학을 이해해야 한다고 나는 생각한다. 그리고 결국 그것은 자연에 대한 이해다. 글도

자연의 일부다.

읽고 쓰고 읽고 쓰고…… 그런데 잠깐, 이런 얘길 왜 하고 있는 거지? 이게 무슨 꼭지였더라…… '문학적 자서전'이란 타이틀을 나는 다시 한 번 확인한다. 아, 그렇지. 결국 아무 소리나 해대는 거였어, 라고 나는 고개를 끄덕인다. 어쩌다 보니 이런 글을 써야만 하는 입장이 되었지만, 자서전은 무슨 얼어 죽을 자서전인가. 나는 아직 출발도 안 했다.

나는 신인이다.

고작 다섯 권의 책을 냈을 뿐이며, 대부분 실수투성이의 연작이었다. 좋아 좋아, 그리고 갑판에 앉아 이제 막 무거운 닻을 올리려던 참이었다. 항해기란 게 있을 수 없다. 사람을 바보로 아나, 심지어 그런 기분마저 드는 게 사실이다. 내 견해로는 그렇다. 적어도 문학적 자서전이란, 책을 백 권 정도는 쓴 인간들이나 논할 수 있는 것이다. 퐁당퐁당 수영으로 눈앞

의 섬을 왕복하는 것은 누구나 할 수 있는 일이다. 물론 내가 바보라면, 그걸 토대로 다음과 같은 항해기를 잘도 끄적이고 앉았을 것이다.

① 죽는 줄 알았어요(말로만 듣던 창작의 고통?).
② 수영을 가르쳐주신 모교의 선생님께……(죽어라)
③ 물이 짜요.

나는 바보가 아니라, 신인이다. 지금까지도 그래왔고, 앞으로도 그럴 것이다. 내가 가진 것은 늘, 언제나 앞으로의 가능성—그것이 전부다. 이제 시작이다. 먼 훗날 운 좋게 항해에서 돌아올 수 있다면, 그때는 꼭 머나먼 바다의 이야기와 모험담을 당신에게 들려주도록 하겠다. 물론 그때도, 나는 신인일 것이다.

창작의 고통은 따로 있다.

글을 쓰면 쓸수록, 또 아무리 글을 써도…… 결국 나는 인간일 뿐이라는 '고통'이다. 변하지 않는 인간의 고통…… 아무리 글을 써도 변하지 않는 세계의 고통. 우리가 인간이라는 이 실질적이고…… 물질적인 고통. 단어와 문장, 육하원칙으로는 해결되지 않는 이 고통. 우주를 창조한 신에게도

결국 어떤 우주를 만들어도 나는 '신'일 뿐이라는 고통이 따랐을 것이다. 아무도 없는 창밖의 하늘을 바라보노라면, 그래서 이 고통이 때로 합당하고 감사한 일임을 나는 깨닫게 된다. 당신과 나는 실은 신적인 고통을 겪고 있다. 살아주셔서 감사하다는 말을

그래서 꼭
거듭, 당신에게 전하고 싶다.

뭐 그만한 일을 가지고
그런 생각도 드는 아침이다.

시간時間

작가들은 대부분 자신의 책상을 가지고 있다. 나에게도 '나만의 책상'이 있다. 나는 휠체어에 앉아 글을 쓴다. 앉고, 보조용 테이블을 끼우고, 노트북을 얹으면 준비는 끝이 난다. 그리고 쓴다. 이유는 한 가지다. 이 의자가 지닌 거부하기 힘든

위력, 때문이다.

　이 의자에는 인간을 겸손하게 만드는 힘이 있다. 인간이라는 장애를, 인간은 언제나 장애로 가득 찬 존재임을─휠체어는 말없이, 자신의 전부를 통해 나에게 전달해준다. 압니다, 알고 있습니다. 늘 고개를 끄덕이는 기분이 되어 나는 글을 쓰기 시작한다. 이 삶이 얼마나 감사한 것인지, 이 한 줄의 문장이 얼마나 하물며 쓰여지는 것인지를

　나의 재능이

　얼마나 보잘것없는 것인가를…… 이 의자는 늘, 실질적으로 나에게 충고하고 일러준다. 눈과 귀보다도…… 머리보다도 빨리, 몸은 기억하고 습득한다. 나는 머리보다 몸을 믿는 인간이고, 아무튼 이 습관을 통해 생각보다 많은 시간을 절약하고 있다. 마음가짐에는 생각보다 많은 시간이 필요하다. 결국 관건은 시간이다. 누가 뭐래도, 나는 그렇게 믿고 있다.

　올해로 마흔두 살이 되었다. 지극히 간단한 생활을 하지 않고선 읽고, 쓰는 시간을 얻을래야 얻을 수 없다. 지난 몇 년은,

즉 아무 일 없이 읽고 쓰는 생활을…… 그런 습관을 마련하려
애쓴 시간이었다. 쉽지 않은 일이었다. 결국 나는 몇 가지 원
칙을 세워야만 했다.

전화를 받지 않는다.

사람을 만나지 않는다.

볼일을 만들지 않는다.

화를 내지 않는다.

겸손해진다(시간 외에도 많은 것을 절약해준다).

생깐다(경조사들!).

그래요, 당신이 옳아요 라고 말한다.

양보한다.

손해를 본다(정말 많은 것을 절약해준다).

피치 못할 일들이 그래도 가끔 생기지만, 덕분에 내 삶은
지극히 간편해졌다. 그런, 느낌이다. 아무도 아무것도 없는
방에 우두커니 앉아 나는 생각하고, 글을 쓴다. 필요한 것도
없고 궁금한 것도 없다. 스윽…… 이따금 휠체어의 바퀴를 밀
어가며 나는 즐겁게 살고 있다. 앞으로의 항해 역시 바퀴가
달린 이 작은 배와 나는 함께할 생각이다. 늦은 공부, 모순과

편견, 무지와 욕심, 실수와 후회…… 이 많은 장애를 떠안은 나라는 인간에겐 달리, 다른 방법이 없다는 생각이다. 소설을 쓰고 싶다 생각한 것은

서른두 살 때의 가을이었다. 지금도 알 수 없다. 배운 적도 없고, 써보지도 않은 소설을…… 좋아하지도 않던 소설을 왜 쓰게 되었는지는 정말이지 알 수 없다. 휠체어에 앉아 커피를 마시다…… 때로 오래전 직장을 함께 다닌 누군가의 전화를 받을 때가 있다. 보통 전화를 꺼두거나 하는데도, 그럴 때가 있다. 마침 쉬던 중이고 또 문득 그는 어떻게 살고 있을까? 버튼을 누르게 되는 것이다. 어이 이 얼마 만이야, 그래 요즘 어떻게 지내? 그냥 그렇지 뭐. 몇 마디 대화 끝에 내가 소설가가 되었다는 사실을

전혀 모르는 옛 동료를 만날 때가 있다.

운이 좋은 날이라고 내가 쾌재를 부르는 순간이다. 그 순간 모든 것은 간단해진다. 나는 아무것도 아니고, 이렇게 그냥 글을 쓰고 있을 뿐이라고. 또 이런 식으로 시간을 아꼈다는 생각에 절로 기분이 상쾌해지는 것이다. 언제 술 한잔하자

구! 말은 하지만 이런 식의 술자리는 실제로 이루어지지 않는다. 미안해, 다들.

모두에게 건투를 빈다.

공간空間

가장 좋아하는 일은 밤하늘을 바라보는 일이다. 강원도에 작업실을 둔 이유도 실은 그 때문이다. 멍하니 창을 통해 보기도 하고, 산책을 하며 보기도 한다. 가까운 교외로 차를 몰고 나가면 더없이 투명하고 아름다운 밤하늘을 볼 수도 있다. 그렇다고 별을 관찰하거나

망원경을 가지고 다니는 것은 아니다. 너머의 어둠과 빛…… 그것을 보고 느끼는 일이 그저 즐거워서다. 나는 지구에서 글을 쓰는 인간이야. 때로 너머를 향해 나는 속삭이기도 한다. 모든 이야기의 원형이 저 너머에 있다 믿기 때문이며, 그 순간 소년이거나

노인이 된 듯한 그 느낌이 이루 말할 수 없이 황홀하기 때문이다. 어제보다 한 걸음 더 걸어간 오리온좌를 보며, 나는

앞으로 어떤 작가가 될까? 생각해본다. 알 수 없다. 어쨌거나 아무것도 아닌 채, 여전히 그냥 글을 쓰고 있을 거란 생각이다. 나는 지구에서 글을 쓰는 인간이야…… 그리고 그것은 매우 무의미한 일이었어. 다른 건 몰라도

역시나 밤하늘을 바라보며 나라는 노인은 그렇게 중얼거릴 것이다. 투명한 밤하늘만큼이나 명료하게 내가 아는 좋은 글은 두 가지로 나뉘어진다.

① 노인의 마음으로 쓴 소년의 글.
② 소년의 마음으로 쓴 노인의 글.

그 나머지엔 아차상을 주도록 하겠다. 물론 대부분의 명작들이 위의 경우에 해당된다. 나는 이미 소년을 건너왔고, 노인이 되기까지엔 너무 많은 시간이 남아 있다(글쎄 결국 시간이라니까). 앞으로의 항해는 그 소년과, 노인을 찾아 떠나는 길이라고 영하 이십 도의 밤하늘을 바라보며 나는 말없이 고개를 끄덕인다.

오래전 나는 저곳에 있었고

아마도 곧 저곳으로 돌아갈 것이다.

문득 어머니가 그리워지는 밤이다. 내가 시작된 공간, 내가 머물렀던 공간, 그리고 내가 돌아가야 할 공간을 생각한다면…… 여전히 나는 아무것도 모르는 어린아이에 불과하다. 어머니는 현재 평택의 한 요양시설에 계시며

휠체어에 의지해 생활을 하고 계신다. 한 번도 그녀에게 제대로 감사하다는 말을 전하지 못했다. 그리고 더는 전할 방법이 없다(기억을 모두 잃어버리셨다). 가끔 하늘을 바라보며 그런 말을 중얼거리실 어머니를 상상한다. 나는 지구에서 작가를 키운 인간이야…… 그리고 그건 매우 무의미한 일이었어. 아무도 없는 이 방에서, 작고 따뜻했던—아무도 없던 그 방을 떠올려본다. 그리고 글을 쓴다. 아무 일 없이 항해는 시작되고, 아무 일 없이 나는 돌아올 것이다. 돌아갈, 것이다. 잘 다녀와. 누군가의 속삭임을 나는 듣는다. 잘 다녀오겠다고, 나도 말없이 고개를 끄덕인다.

부지런히 걸어야겠다.
지각이다.

내 영혼의
아라베스크

박
상
우

1
9
9
9
년
제
23
회
이
상
문
학
상
대
상

어느 곳에도 귀속되지 않을 수 있는 자유, 내 문학의 뿌리

나에게는 고향 의식意識이라는 게 거의 없다. 고향이라고 내세울 만한 특정한 지역, 다시 말해 내 정신이 귀속감을 느낄 만한 공간이 별로 없는 것이다. 그 이유, 유년 시절부터 직업 군인이었던 아버지를 따라 이곳저곳으로 이사를 자주 다닌 때문일 거라고 나는 생각한다. 잦은 이사뿐 아니라 중학교를 졸업한 직후부터 시작된 유학 생활, 군대 생활, 사회생활의 행로 중에 한곳에서 오 년 이상 머문 적이 거의 없었다.

하지만 고향 의식이 없다는 것을 나는 오히려 행복하게 생각한다. 어느 곳에도 귀속되지 않을 수 있는 자유, 그것이 내 문학의 뿌리로 뻗어나가고 있다고 생각하기 때문이다. 고향 없이 평생을 길 위에서 떠돌 수 있는 외로운 자유, 그것이 내 소설에 다채롭게 반영될 수 있다면 더 이상 바랄 게 무어랴.

여섯 살 때 경험한 첫사랑

다섯 살과 여섯 살 무렵, 나는 한탄강 주변에서 살았었다. 그리고 학담과 초성리라는 지명과 함께 아로새겨진 신비스럽고 오묘한 동화적 풍경의 세계 속에 내 첫사랑의 추억이 내재돼 있다. 믿거나 말거나, 나는 여섯 살 때 첫사랑을 경험한 것이다. 눈부신 햇살, 폭포처럼 쏟아지던 계곡과 가재, 진달래, 머루, 쑥, 찔레꽃 같은 것들을 절로 떠올리게 하는 동갑내기의 여자아이. 반년 정도였는지 일 년 정도였는지 기간은 확실치 않지만, 그녀와 함께 지냈던 순간들을 나는 지금도 어제의 일처럼 생생하게 기억하고 있다.

하지만 이름이 아니라 '꼬마'라는 별명으로만 불려지던 그 소녀와 헤어진 이후, 나는 더 이상 친구를 사귀고 싶어 하지 않았다. 갑작스런 이사가 만들어낸 쓰라린 이별의 상처, 그것이 어린 가슴에 일종의 공포심으로 자리 잡은 때문이었다. 사람에게 정을 준다는 게 얼마나 무서운지를 여섯 살에 앞질러 경험한다는 건 결코 행복한 일이 아니었다. 그리하여 내 유년 시절의 추억 혹은 추억의 이미지 같은 것으로 떠오르는 장면들은 화사한 컬러가 배제된 흑백사진 같은 것들뿐이다. 친구 없이 혼자 놀던 어린 시절의 앞마당, 풍경을 변화시키는 나른한 빛의 세계, 홀로 걸어 다니던 산길과 개울가, 그리고 깊은 밤의 숨 막히는 정적 같은 것들.

짝사랑 선생님에게 보낸 편지, 내 문학의 그물망

작열하는 태양과 푸르른 창공, 한가롭게 떠다니는 갈매기와 가뭇없이 드넓은 대양, 그리고 키 작은 해송과 부드러운 솔바람. 정오 무렵마다 학교 운동장으로 흘러나오는 〈엘리제를 위하여〉를 듣던 나는 그때 열다섯 살이었다. 세상에서 할 수 있는 일 중에 공부를 잘하는 게 가장 좋은 일인 줄 알고 있었으니, 당시의 나는 당연히 '철딱서니 없는 존재'일 수밖에 없었다. 하지만 그 무렵에 나는 대학을 갓 졸업하고 초임 발령을 받아온 영어 교사에게 단단히 눈이 멀어 있었다. 불행하게도 짝사랑에 빠져버린 것이었다.

영어 선생님의 관심을 끌기 위해《탐 앤드 쥬디Tom and Judy》라는 영어 책을 달달 외우고, 거의 모든 영어 시험에서 만점을 받았다. 하지만 그녀는 같은 학교 교사와의 사랑이 실패로 끝난 직후 학교에 사표를 내고 서울로 돌아가버렸다. 그때부터 고등학교 이 학년이 끝날 무렵까지, 근 삼 년 동안 나는 그녀와 서신 왕래를 했다. 그때 주고받은 숱한 편지의 문맥, 그것이 내 무의식에 아로새겨진 문학의 그물망이었다는 걸 어찌 부정할 수 있으랴.

대학 노트 한 권을 가득 채운 시들

고등학교 삼 학년 때부터 나는 시를 쓰기 시작했다. 그리고 그 무렵부터 아주 막연하게 '문학을 하는 사람'이 되겠다는 결심을 굳히기 시작했다. 유치하기 짝이 없는 시 나부랭이들이었지만, 대학 노트 한 권을 가득 채울 정도로 뜨겁게 타오르던 숱한 불면의 밤들은 지금 돌이켜보아도 가슴이 두근거릴 정도다.

당시, 헤르만 헤세의 작품 중 내가 가장 좋아했던 〈안개〉라는 시.

안개 속을 방황하는 것은 신비롭도다
숲도 돌도 모두 쓸쓸해 보이고
아무 나무도 다른 나무를 보지 못하니
모두가 혼자이로다

나의 인생이 빛날 때에는
세상에 친구도 많았건만
지금에 안개 내리니
아무도 볼 수 없도다

이 어둠을 모르는 자는

실로 지혜로운 자가 아니로다

피할 수 없게 조용히

만물에서 떠나게 하는 이 어둠을

안개 속을 방황하는 것은 신비롭도다

인생은 쓸쓸한 존재

아무도 남을 모르니 모두가 혼자이로다

젊다는 건 얼마나 큰 형벌이었던가

대학 시절 사 년 내내 나는 시를 썼다. 그때의 내 꿈은 시골 중학교에서 아이들을 가르치며 시를 쓰는 서생書生이 되는 것이었다.

'제대를 하고 대학을 졸업하면 / 나는 개나리꽃이 한 닷새 마을의 봄을 앞당기는 / 산란초 뿌리 풀리는 조그만 시골에서 / 시詩나 쓰는 가난한 서생이 되어 살려고 생각했다 // (……) // 눈 속에서 지난해 지워진 쓴 냉이 잎새가 새로 돋고 / 물레방앗간 뒤쪽에 비비새가 와서 울면 / 간호사를 하러 독일로 떠난 여자 친구의 항공엽서나 기다리며 / 느린 하학종을 울리는 낙엽송 교정에서 / 잠처럼 조용한 풍금 소리를 듣는 2급 정교사가 되어 살려고 생각했다'는 이기철 시인의 시와 조금도 다르지 않은 소박한 꿈을 지니고 있었던 것이다.

하지만 당시의 시대적 정황은 암울하기 짝이 없었다. 박정희 시해 사건이 나던 해 나는 대학 삼 학년이었다. 그리고 광주민주화운동이 일어나던 해에 졸업반이 되었는데, 그해 가을 어느 날 백낙청 선생의 평문을 읽다가 아주 기이한 의식의 백광 상태를 경험했다. 시대를 넘어서는 정신적 움직임, 다시 말해 '이월 가치overvalue'라는 한마디의 말에 깊은 충격을 받은 것이었다.

지금껏 무엇을 생각하며 살아왔던가.

당시의 충격은 과거에 대한 반성 심리 때문에 생겨난 것이 아니었다. 과거가 아니라 미래에 대한 정신적 지향성, 다시 말해 앞으로 무엇을 생각하며 살아갈 것인가, 하는 데서 생겨난 충격이었다. 의식의 공지로 날카로운 쐐기 하나가 날아와 박히는 것 같았다. 그리고 그 순간, 시골 학교에서 시를 쓰는 서생으로 생애를 일관하고 싶다던 나의 꿈은 소리 없이 증발해버리고 말았다.

내남없이 짓눌려 살던 그 시대, 젊다는 건 얼마나 큰 형벌이었던가.

소설이란, 그것을 읽거나 꿈꾸는 동안만 행복한 것

내가 소설 비슷한 것을 최초로 끼적거리기 시작한 건 군에 입대한 직후부터였다. 서울에 있는 ○○사관학교 연구실에 배속되어 거의 날마다 야근을 하던 시절, 밀린 업무를 끝내놓고 사무실에 혼자 앉아 나도 모를 뭔가를 써나가기 시작한 것이었다. 하지만 한 달 가까이 틈틈이 써나간 것이 고작 대학 노트 열 장 정도의 분량이었다. 물론 그것은 소설이 아니었다. 고3 때부터 시작해 대학 사 년 내내 몸에 익힌 시적 발상과 연상법 때문에 제대로 된 문장을 만들어내기가 어려웠다.

하지만 시를 포기한 이유에 대해 좀 더 당당해지고 싶어 나는 군 생활 내내 밤을 틈타 문장 연습을 지속해나갔다. 그리고 그것 때문에 경계 근무 과오를 두 번이나 저질러 영창에 갈 뻔한 적도 있었다.

아무튼 7, 80년대의 정치적 상황이 없었다면 나는 소설가가 되지 않았을 것이다. 소설이란, 그것을 읽거나 꿈꾸는 동안만 행복한 것 아니겠는가.

광산촌 학교에서의 교사 생활

군에서 제대하자마자 나는 교사 발령을 희망했다. 그리고 제대자 우선 발령의 원칙에 의해 여건이 좋은 곳을 선택할 수 있었음에도 불구하고 스스로 광산촌 발령을 희망했다. 한 삼 년, 그곳에서 소설 공부와 인생 공부를 동시에 하겠다는 작심을 한 때문이었다. 하지만 나는 작심한 삼 년이 다 지나도록 그곳에서 전혀 소설 쓰기에 몰입할 수 없었다. 열악하고 피폐한 환경과 삶의 조건들을 지켜보며 오히려 소설 쓰기가 얼마나 사치스런 꿈인가, 하는 자괴감을 곱씹었을 뿐이었다.

삼 년이 지난 뒤, 6월 항쟁으로 불리는 거센 물결이 전국을 휩쓸 때 나는 퍼뜩 제정신을 차릴 수 있었다. 어떤 쪽으로든 청춘의 마지막 승부를 걸어야 할 때가 되었다는 생각으로 일 년간 학교에 휴직계를 제출했다. 그리고 일 년 동안 중편소설 하나와 장편소설 하나를 썼다. 그때 쓴 중편소설이 등단작이 된 〈스러지지 않는 빛〉이었고, 장편소설은 등단한 뒤에 출간한 《시인 마태오》였다.

미래를 예견할 수 없던 기나긴 터널의 세월.

외적 행로의 세월과 내적 행로의 세월

등단한 직후, 다시 말해 전업 작가의 길로 나선 뒤부터 지금까지의 세월에 대해서는 별달리 할 말이 없다. 소설을 썼다는 것 이외, 달리 무슨 사족을 덧붙일 수 있으랴. 그런 의미에서 나는 내가 살아온 인생을 크게 두 가지로 대별한다. 외적 행로의 세월과 내적 행로의 세월, 다시 말해 소설가가 되기 이전의 세월과 소설가가 된 이후의 세월로 삶의 행로를 구별하는 것이다.

소설가가 되기 이전까지의 외적 행로는 내 영혼에 수다한 상처를 남겼다. 어느 곳에도 뿌리 내리지 못하고, 오직 떠나기 위해 머물렀던 숱한 공간들—고향 의식이 없는 자들의 영혼에는 미진하게 불어가는 바람이나 순간적인 빛의 변화까지도 상처로 남겨질 수 있는 것이다.

하지만 지난 십 년, 외적 행로의 풍파를 가라앉히고 온전하게 내적 행로에 몰두하며 나는 훨씬 커다란 사실을 깨달을 수 있었다. 외적 행로의 세월 동안 나에게 아로새겨진 수다한 상처가 내 소설의 이면에서 희망과 화해의 근거로 빛을 발하고 있다는 사실—나는 소설을 만들지만, 소설을 만드는 나를 만드는 게 또한 소설이라는 사실을 부정해야 할 이유가 뭐란 말인가.

학문적으로 말할 필요가 없다면, 소설이란 진지하게 '사는 것'인 동시에 그것으로부터 심오하게 '배우는 것'이다. 그것을 전체적으로 싸안는 경험의 그물망, 그것이 소설의 깊이와 무관하지 않기 때문이다. '사는 것'인 동시에 '배우는 것'으로서의 소설과 작가를 염두에 두고, 심화되는 가속력의 세계와

퇴행하는 인간의 조건을 또한 경계해야 할 것이다. 그것을 위해 지금 나는 또 다른 출발선상에 서 있는 것 아닌가.

절망한
사람

2018년 제42회 이상문학상 대상
손홍규

어느 해 초여름이었다. 보리 수확이 한창인 때였으니 절기로 보아 망종 부근이었을 것이다. 들판 곳곳에서 보리를 베고 탈곡을 하느라 분주했다. 후텁지근한 날들이었다. 숨을 들이쉬면 까끄라기 섞인 공기가 폐를 가득 채우는 걸 느낄 수 있을 정도였다. 나는 동네 어귀 또래의 집과 마을회관 등을 오가며 구슬치기를 하고 있었다. 누군가 달려와 소식을 전할 때까지만 해도 여느 휴일과 다름없이 즐거웠다. 나를 찾아온 동네 어른과 눈이 마주쳤는데 그 눈빛에는 이미 많은 말이 담겨 있었다. 그이는 어린 내게 어떤 식으로 말해야 할지 고민하는 게 분명했다. 두서가 없는 말이었다. 나를 힐난하는 것도 같았고 위로하는 것도 같았으며 그이 스스로를 나무라는 것도 같았다. 아버지의 손가락이 탈곡기에 빨려 들어갔다는 걸 이해하기까지 조금 시간이 걸렸던 이유도 그래서였다. 함께 놀던 아이들은 입을 꾹 다물었고 나 역시 무슨 말을 해야 할지 몰라 우두커니 서 있었다. 눈이 부실 만큼 햇살이 낭자하던 초여름 오후였다. 아버지는 누군가의 트럭을 타고 시내 병원으로 갔다고 했다. 어머니도 함께 갔다고 했다.

집으로 돌아간 나는 마루 끝에 앉은 채로 오후가 저무는 것과 땅거미가 깔리는 걸 지켜보았다. 서쪽 하늘은 불을 지른 것처럼 화악 타올랐다가 사위어갔고 눈을 한 번 깜박였을 뿐인데 순식간에 사방이 캄캄해졌다. 전등 켜는 걸 잊었던 탓에 마당을 채운 어둠은 대낮이 그렇듯이 눈부시게 어두웠다. 여전히 마루 끝에 앉은 채로 나는 그 어둠의 일부로 스며들어갔다. 외양간에서 소가 울었다. 퍼뜩 정신을 차린 나는 홀로 집을 지켜야 할 때 늘 했던 일을 시작했다. 쇠죽을 쑤어 여물통에 부어주고 개 밥그릇에 사료를 채우고 닭을 몰아넣은 뒤 닭장 문을 잠갔다. 아궁이의 재를 삼태기에 담아 헛간에 부린 뒤 솥을 부시고 쌀을 안쳐 불을 땠다. 매운 연기가 눈을 찔러 열린 부엌문으로 바깥을 바라보니 박쥐가 마당을 스치듯 낮게 날았다. 설익은 밥 한 그릇과 김치 한 보시기를 할머니 영정사진 앞에 상식으로 올렸다. 더 해야 할 일이 없는지 두리번거리다 다시 마루 끝에 앉았다. 마치 내가 그 자리를 떠나본 적이 없는 것 같았다. 나는 여태 마루 끝에 앉아 깊은 어둠을 응시했을 뿐이고 내 안의 그림자 같은 게 밖으로 나와서 이런저런 일을 하다가 돌아와 옷을 입듯이 나를 입고 다시 앉은 것만 같았다.

지금도 그렇지만 그때도 나는 겁 많은 아이였다. 어머니와 아버지가 없는 집을 홀로 지키고 앉아 밤이 깊어가는 걸 지켜보는 게 쉽지 않았다. 어둠 속에서는 눈을 크게 떠봐야 소용이 없으므로 귀를 곤두세우게 마련이었고 그러면 낮에는 들을 수 없는 소리를 들을 수 있었다. 그 소리는 미약하지만 어떤 소리보다 강렬했다. 주위의 모든 사물들이 숨을 죽인 채 비명을 지르는 것 같았고 소스라치게 놀란 사람이 소리가 새어나가지 않게 손으로 입을 가리듯 나는 어둠을 끌어다가 내 귀를 틀어막았다. 외부의 소리가 내면의 반향이기도 하다는 걸 알아서가 아니라 이 세계와 분리되고 싶어서였다.

그날 밤에 대한 내 기억이 온통 어둠뿐인 건 거짓기억일 수도 있다. 별이 총총히 박혔을 수도 있고 만월이 떠올랐을 수도 있으며 그게 아니라 해도 앞집 뒷집의 전등불이 흘러들어와 아주 캄캄하지만은 않았을 수도 있다. 그러나 오랜 세월이 흘렀음에도 기억 속 그날 밤은 먹장 같은 어둠에서 조금도 벗어나지 않았으며 이 이미지는 앞으로도 변하지 않을 듯하다. 시간은 더디게 흘렀다. 밤은 이슥하다 못해 겹겹으로 두터워졌다. 그걸 지켜보면서 나는 이 현실을 무효화하고 싶다는 생각을 했다. 내가 처한 현실이 믿기지 않았고 대체 이런 현실 앞에서는 어떻게 행동하고 생각하고 말해야 하는지 알 수 없어 무서웠다. 그때의 나는 현실을 벗어나는 문제 혹은 현실을 초월하는 문제에 깊이 사로잡혔지만 그러기 위해서는 외려 현실을 외면하거나 못 본 체해서는 안 된다는 걸, 벗어나고 싶고 도망치고 싶고 부정하고 싶을수록 더욱더 현실을 질박하고 정교하게 실감해야 한다는 걸 알지 못했다. 그냥 여길 벗어나고 싶을 뿐이었다.

저 멀리 신작로를 달려오는 트럭 소리가 들려왔을 때는 자정 즈음이었다. 트럭은 사립문 앞에 멈췄다. 트럭의 전조등을 피해 담벼락에 기댄 나는 어머니에 이어 아버지가 왼손으로 오른손을 어정쩡하게 붙잡고 조수석에서 내리는 걸 보았다. 우리 식구 가운데 울음을 터뜨린 사람은 없었다. 울어봐야 소용이 없어서가 아니라 울게 되면 이 현실을 용납해버린 듯해, 결코 받아들여서는 안 되는 부조리를 승낙해버린 듯해 참담해질까 봐서 그랬으리라.

그 뒤 아버지는 병원을 오가며 치료를 받았다. 어차피 잘려나간 오른손 집게손가락은 탈곡기 날에 으스러졌으니 짧고 뭉툭해진 집게손가락의 절단면을 소독하고 붕대로 감싸는 게 치료의 전부였다. 가운뎃손가락은 잘려나가지는 않았지만 뼈를 상해 굽었고 아버지 혼자 할 수 없었기에 울혈을 풀어준다는 미역을 감아주는 건 내 일이 되었다. 일주일쯤 지난 뒤로는 예전과 다름없는 일상이 이어졌다. 아버지는 침착하게 당신이 사용하는 목장갑의 집게손가락 부분을 잘라냈고 어머니는 벌어진 끝을 바느질로 봉합했다. 아버지는 여느 날처럼 이른 새벽에 농기구를 들고 집을 나섰다. 아버지의 등은 허전해 보였다. 젊은 농사꾼의 열정 같은 게 피식 바람소리를 내며 빠져나가버린 듯했다. 사고를 당했던 그 무렵 아버지는 농민 가운데 젊은 축에 속했기에 의욕이 남달랐다. 농협 빚으로 뒷감당이 부담스럽기도 했겠지만 경운기, 이앙기, 관리기, 볏짚절단기 등 농기계를 기꺼이 장만했고 자전거가 있었지만 물꼬를 보러 가거나 이동하기에 편한 오토바이도 들여왔고 품앗이든 삯일이든 불러주는 곳이 있으면 어디든 달려갔으며 이장을 맡아 마을 대소사를 처리했다. 물론 타고난 농사꾼의 면모보다는 젊은이의 의지 같은 게 더 분명히 엿보였지만 말이다. 그러기에 나는 아버지가 손가락과 더불어 당신의 의지까지 잃어버린 거라고 생각했다.

그러나 얼마 지나지 않아 아버지는 예전의 활력을 되찾았고 오히려 전보다 더 당신의 일에 몰두하는 것처럼 보였다. 손가락 하나쯤이야 고수레를 한 거라 여기면 된다고 생각하는 게 아닐까 싶을 정도였다. 앞으로 닥칠 화를 면할 수만 있다면 손가락 하나는 흔쾌히 내줄 수 있는 거라고 말하고 싶어 하는 것 같았다. 내가 보기에 그건 좀 이상했다. 이를테면 농기계를 다루거나 간단한 수리를 할 때 아버지의 태도에는 범접하기 어려운 무언가가 있었다. 이전보다 훨씬 더 꼼꼼하게 살피고 조심스럽고 끈질기게 연장을 다루어 나사를 조이거나 윤활유를 칠하거나 부품을 교체했다. 그런 아버지를 보고 있노라면 아버지의 머릿속에서는 이 기계를 완벽하게 분해하여 작은 부품까지 하나하나 점검한 뒤 조립하는 일이 끊임없이 되풀이될 것만 같았다. 겨우 나사 하나 조이는 것일 뿐인데 매번 완벽하게 분해했다가 해체한다면, 비록 머릿속에서만 벌어지는 일이라 할지라도 기력을 소진하는 일이 아닐 수 없었다. 아버지는 스스로를 혹사하는 중이었다. 밝게 웃으면서.

그로부터 두 해가 지난 어느 날 아버지는 두어 마지기에 불과하지만 유일했던 무넘기 논을 아랫마을에 살던 고모에게 팔았다. 그 돈으로 중고 일 톤 트럭을 샀다. 어디에서고 흔히 볼 수 있는 파란색 용달차 말이다. 옷장사도 해보고 신발장사도 해보았다. 그릇장사도 해보고 이것저것 잡화들을 잔뜩 싣고 다니며 팔기도 했다. 죄다 신통치 않았다. 그 닷에 마루며 헛간이며 마당 한구석까지 팔지 못한 물품들이 쌓여갔다. 어머니와 아버지는 새벽에 트럭을 몰고 나가 지붕에 달아놓은 확성기로 트로트를 울리며 이 마을 저 마을 이 시장 저 시장을 돌아다녔다. 가끔씩 나는 아버지의 지시에 따라 구식 녹음기를 앞에 두고 싸다 싸, 두 번 안 와요, 마을회관으로 나오세요, 등등을 읽으며 녹음해야 했다.

가장 곤란했던 시절은 당신들이 닭 장사를 할 때였다. 짐칸에 닭장까지 짜 맞춰 장사를 다녔지만 새벽에 나갈 때나 밤에 돌아올 때나 달라진 게 별로 없었다. 날마다 닭털이 날아다니고 닭똥 냄새가 진동했다. 좁은 닭장에 갇힌 데다 팔려나갈 신세인 닭들의 구구대는 울음에는 독기마저 어려서 예사롭지 않았다. 장사가 시원치 않으니 병이 들어 골골대는 녀석을 우리가 처리해야 했다. 거기까지는 그럭저럭 견딜 만했다. 닭 장사를 작파한 뒤 당신들은 닭 내장 장사를 시작했다. 닭 내장이 담긴 커다란 고무함지, 가스통, 주물버너, 솥 등을 싣고 다니면서 원하는 사람이 있으면 그 자리에서 바로 삶아주었다. 대체 왜 닭 내장 장사가 전망이 좋을 거라고 판단했는지는 알 수 없었다. 팔지 못한 닭 내장이 넘쳐났고 하루 세 끼 반찬은 닭 내장 볶음이 전부였다. 두어 달 그렇게 먹고 살다 보니 닭 울음만 들어도 구역질이 났다. 세상 모든 닭들이 날개를 활짝 펼치고 날아올라 어디론가 사라져버리기를 간절히 바랐다.

결국 닭 내장도 치워버리고 그 시절 사람들이 '약관'이라 부르던 정읍 시내 청과물도매시장에서 과일과 채소 따위를 도매로 떼어다가 팔러 다녔다. 아버지와 어머니는 그 장사를 제법 오랫동안 했다. 의외로 청과물 장사가 쏠쏠한 모양이었다. 그동안 나는 사춘기 중학생 시절을 지나 고등학생이 되어 집을 떠나 전주에서 학교를 다녔다. 대학생이 되어 뒤늦게 군대에 복무할 때까지도 아버지와 어머니는 트럭을 몰고 다녔으나 아이엠에프 이후로 실직자들이 트럭 행상에 뛰어드는 바람에 겨우 견디는 형편이었고 내가 복학할 무렵 비로소 트럭 행상을 그만두었다.

사실 나는 절망을 말하고 싶다. 절망한 사람을 말하고 싶다. 절망한 사람 가운데 정말 절망한 것처럼 보이는 사람이 많지 않은 이유를 말하고 싶다. 멀쩡하게 웃고 떠들고 먹고 마시고 즐거워하고 슬퍼하고 사랑을 나누는 사람인데 깊이 절망한 사람이기도 하다는 걸 말하고 싶다. 어떻게 말해야 할지 몰라 이토록 진부하게 구구절절 사연을 늘어놓고 있다. 그러니까 나는 손가락을 잃은 뒤로 아버지가 어떻게 절망했는지, 절망했음에도 불구하고 전혀 절망하지 않은 사람처럼 살아왔는지를 쓰고 싶다.

그날 이후로 내게도 한 가지 습관이 생겼다. 문을 열고 닫을 때마다 내 손가락이 문틈에 끼여 깨끗하게 잘려나가는 상상을 하게 되었다. 칼을 쥐거나 망치를 쥘 때마다 칼날이 손가락을 싹둑 잘라내고 망치가 손가락을 쾅쾅 짓뭉개는 상상을 하게 되었다. 이 상상을 멈출 수가 없었다. 의식하지 않아도 떠올랐다. 처음에는 섬뜩한 기분으로 세월이 흐른 뒤에는 그처럼 섬뜩하지는 않으나 가슴이 텅 비었을 때처럼 허탈한 심정으로. 손가락을 잃어버린 건 아버지였는데, 내 손가락은 무사한데, 나는 손가락을 잃어버리지 않을까 전전긍긍하며 살아왔고 이 긴장에서 놓여나기 위해 이미 손가락을 잃어버린 것처럼 굴거나 혹은 결코 누구도 내 손가락을 해코지할 수 없다고 으름장을 놓으며 살아왔다. 지금까지 내 손가락은 무사하다. 하지만 내 상상 속에서 나는 매번 손가락을 잃었다가 되찾았고 그럴 때마다 그 손가락은 이전의 손가락과는 조금씩 달라졌다. 그러면서 나는 타인들 역시 무엇을 잃었는지를 유심히 보게 되었다. 손 하나를 통째로 잃어버린 사람, 팔 하나를 잃어버린 사람이 보였고 다리가 없거나 허리가 없거나 머리가 없는 사람도 보게 되었다. 누구나 무언가 하나씩은 잃고 사는 것 같았다. 눈에 띄는 것일 수도 있었고 눈에 띄지 않는 것일 수도 있었다.

아버지는 절망한 사람처럼 보이지는 않았다. 이전보다 당신의 일에 진지하게 몰두하는 모습을 보면서 그런 기미를 읽어내기란 쉽지 않았다. 산과 들판, 대지와 농토, 하늘과 바람, 거기에 깃들어 사는 모든 생명을 경외하는 사람을 가리켜 어찌 절망한 사람이라고 할 수 있을까. 아버지는 젊은이의 순진한 열정뿐만 아니라 농사꾼의 본래면목이라 할 법한 자연에 대한 경외심까지 지녔으니 농민으로서는 더 완전해진 셈이었다. 이 완전함이야말로 불완전의 표상일 수도 있음을 알게 되기까지 오랜 세월이 걸렸다.

나는 아주 가끔 어머니를 대신해 아버지의 조수 노릇을 했다. 내가 결코 좋아하지 않는 일이었다. 그즈음의 나는 사춘기 중학생이었다. 딱히 사춘기라서 그랬던 게 아니라 워낙 데면데면한데다 살가운 대화조차 나눠본 적이 없어서였다. 별일 아닌데도 아버지와 나는 의견이 맞지 않았고 아버지는 아버지대로 나는 나대로 서로를 귓등으로 넘기려 애썼다. 그런 시절에 몇 번 아버지를 따라다니면서 아버지가 얼마나 장사에 무능한지를 알게 되었다. 어머니라고 해서 별다르지는 않았을 테지만. 어쨌든 아버지는 장사꾼의 덕목을 하나도 갖추지 못했다. 언변이 좋았던 것도 아니고 넉살이 좋았던 것도 아니다. 앞을 내다보는 밝은 눈도 없었고 신념까지는 아니라 해도 당신 일에 대한 믿음 자체가 없었다. 아버지는 트럭 행상으로 돈을 벌어도 뜻밖에 용돈을 받은 아이처럼 어리둥절해했다. 이런 일로 돈을 벌 수도 있다는 사실을 믿을 수 없다는 듯이. 그 사실에 매번 놀라는 사람처럼 말이다.

그런 탓에 나는 아버지의 트럭 행상이 오래가지 못할 거라고 짐작했다. 예상과 달리 오랜 세월 트럭 행상으로 살림을 꾸려가는 걸 보면서 나는 아버지의 절망이 생각처럼 단순하지 않다는 걸 알았다. 손가락을 잃은 뒤 갑자기 논을 팔고 트럭 행상에 나서기까지의 이 년여 동안 아버지가 보여준 모습은 불안의 대상, 증오의 대상에 한 걸음 더 가까이 다가가 그것과 마주하고 그것을 껴안고 그것과 화해하려는 시도처럼 보였다. 아버지는 결국 실패했다. 빈 들판을 지나가다 거기 어딘가에 잔해로 묻혔을 당신의 손가락을 떠올렸을 테고 일단 한 번 그런 생각이 들면 장갑 낀 손이 탈곡기에 빨려 들어가던 순간으로, 운명이 완력을 쓰며 당신을 집어삼킬 듯이 끌어당기던 순간으로 되돌아갈 수밖에 없었을 거다. 화들짝 놀라며 손을 당겼을 때는 이미 장갑과 집게손가락이 어두컴컴한 탈곡기의 아가리에 삼켜진 뒤였다. 불시에 닥쳐온 개인의 재난. 그 앞에서 흔히 옛사람들이 그렇듯이 당신은 스스로 무슨 죄를 지었기에 이런 벌을 받는 것일까 생각해보았을 테고, 이런 처벌을 받아도 괜찮을 만큼 큰 죄를 지은 적은 없는 것 같은데 왜 당신에게 이런 형벌이 주어졌는지 의아해했을 것이다. 운명을 이해해보려는 시도는 이처럼 실패할 수밖에 없었을 테고 이윽고 아버지는 이 세계를, 당신 자신을 증오하게 되었을 것이다. 무언가에 깊이 절망한 사람은 그 무언가를 깊이 사랑하는 사람과 분간하기가 어렵다. 깊은 절망은 깊은 사랑과 닮은 구석이 있다. 절망이 가득한 눈으로 노을이 진 서편 하늘을 바라보는 이의 눈빛이 아름다워 보일 수도 있는 것처럼. 아버지는 농사꾼에서 탈출했다. 그러고는 트럭에 올랐다. 얼마나 많은 실패들이 당신을 뒤흔들었을까. 트럭에서 내려 저 지긋지긋하고 무섭기까지 한 농토로 되돌아가려는 스스로를 어떤 방식으로 다잡았을까.

그처럼 십여 년의 세월을 흘려보낸 뒤 트럭에서 내린 아버지는 승합차에 올랐다. 조경업체의 날품팔이로 다시 칠팔 년의 세월을 살았다. 마지막으로 소나무 우듬지의 전지작업을 하다가 이십 미터 아래로 추락했다. 목뼈에 금이 가고 왼팔의 신경이 절단됐다. 죽지 않은 게 이상할 만큼 운이 좋은 사고였다. 내가 첫 소설집을 낼 무렵이었다. 정읍에서는 수술이 불가능해서 전주의 대학병원으로 옮겨 수술을 받았다. 수술실에 들어갈 때였다. 마취실 입구에서 머뭇거리는데 아버지가 내 쪽으로 손을 뻗었다. 나는 아버지의 손을 잡았다. 기억할 수 없는 어린 시절 이후로 처음인 것 같았다. 탄력이 없고 거칠었다. 손가락 하나가 모자란 당신의 손이 내 손 안에서 어린 새처럼 떨었다. 당신의 두 눈은 이미 갈쌍갈쌍했다. 마취사가 나가라고 할 때까지 온 생애인 듯 생애 처음이자 마지막인 듯 다시는 그럴 수 없는 것처럼 한 번도 그런 적 없는 것처럼 아버지의 손을 쥐고 있었다. 당신의 손가락 하나가 내 가슴속에서 오래도록 영글어 내가 되고 소설이 되었음을 말해주고 싶었다. 어머니와 아버지 당신들을 속속들이 알아서가 아니라 잘 알지 못해서, 알고 싶어서, 알아야만 하므로 소설을 쓴다는 걸. 나는 당신의 발자국을 따라 이야기를 줍는 사람일 뿐이다. 걸을 때마다 연꽃이 피어나는 전설의 인물처럼 살아온 걸음마다 이야기를 남겨둔 당신들이 있어 행복했다.

　오래전 내 꿈은 소설가였고 지금 나는 소설가인데 여전히 내 꿈은 소설가다.

'문학'은
생의 불빛

2001년 제25회 이상문학상 대상

신경숙

내 문학의 근원이 된 어린 날의 기억

어려서부터 책읽기를 좋아했다고 하면서도 내가 중학교를 마치던 때까지 살았던 초가와 파란 슬레이트 지붕이었던 정읍의 집에는 책이 없었다는 생각이 든다. 그런데도 그 집 다락이나 감나무 밑 헛간 속에 엎드려서 책을 읽었던 기억은 또 선명하다. 어쩌면 그건 동화도 소설도 아닌 《새농민》이나 글씨도 큼직큼직했던 《왕비열전》 따위들이 아니었을는지. 배나무 밭을 지날 때면 배를 쌌던 신문지 중에서 연재소설이 나오는 부분을 모둠발을 디뎌 가며 찾아 읽었던 기억도 난다.

세 살 터울의 오빠가 책읽기를 좋아한 것이 내게 영향을 끼쳤는데, 책이 귀한 시골에서 그는 어디선가 끊임없이 책을 빌려왔다. 처음엔 만화책이었다. 오빠가 읽다가 밀어둔 일본군과 독립군이 싸우는 만화를 아궁이 앞에서 불을 때면서 들여다보다가 치마에 불이 붙어 무릎께를 덴 적도 있다. 처음엔 셋째오빠의 등 뒤에서 책을 읽기 시작했으나 나중에는 내가 오빠보다 더 책을 탐하게 되었다. 오빠가 어디선가 책을 가져 오기만 하면 나는 그 책을 가지고 오빠가 나를 찾을 수 없는 곳으로 도망을 가서 읽곤 했다. 오빠는 책만 빌려오면 내 손 이 먼저 타니까 나 모르는 곳에 빌려온 책을 열심히 감추었 다. 오빠가 장롱이 있던 방 천장에 칼집을 내고 책을 숨기면 내가 빨랫줄을 받쳐 놓은 장대를 들고 와 쑤석거려서 책을 꺼 내 헛간으로 숨어들곤 했다. 설마 내가 온갖 물건들이 득시글 거리는 헛간에 엎어져서 책을 읽고 있을 줄은 오빠는 몰랐을 것이다.

이런 정도를 빼면 유년 시절의 나는 대체로 유순한 아이였 던 것 같다.

어머니 말씀을 빌리자면 나를 방 안에 눕혀 놓고 일을 나가 한나절 만에 돌아와 보면 혼자서 제 손가락을 빨거나 발짓을 하며 울지도 않고 놀고 있었다고 한다. 너만 같으면 자식이 열이라도 걱정이 없었을 것이다, 하였다. 알 수 없는 것은 해 저물녘이면 방을 닦고 난 걸레를 대야에 담아 들고 도랑의 맨 위 빨랫돌을 차지하고 앉아 빨곤 했다, 한다. 배추나 무 같은 걸 씻으러 온 사람들이 이건 입 속에 들어갈 것이고 그건 방 걸레니까 저 아래로 가 빨아라, 하면 입을 앙나물고 눈물을 글썽이며 끝끝내 비켜서지 않고 그 자리에서 방망이질까지 해대며 빨아 오곤 했다고. 내가 고집이 얼마나 센가를 말씀하시려면 꼭 꺼내는 일화 중 하나다.

중학교까지 다녔던 정읍의 내 태생지는 읍내에서 10리쯤 떨어진 곳이었는데, 초등학교 6년은 걸어서 다녔고 중학교 3년은 자전거를 타고 다녔다. 그때 등하교 길의 신작로나 산길, 둑길에서 만난 자연 풍경이 밭두둑에 불쑥불쑥 솟아 있던 묘지나 다리 밑에 움막을 짓고 살던 거지들과 함께 내 의식의 밑바닥에 깔려 있는 것 같다. 인간과 세월이 어떻게 생을 엮어 가고 지나가든 봄이 되면 어김없이 맨 먼저 물이 오르던 버들개지나 여름이면 푸르게 출렁거려주던 냇가의 물살이나 가을의 눈부시던 황금빛 들판, 혹은 겨울의 눈 쌓인 들녘에 검게 내려앉던 까마귀 떼들. 지금도 내가 어떤 문장을 형성하려 할 때면 그때의 그 느낌들은 대체 어디에 고여 있었는지 현재의 시간 속으로 가만가만 흘러나온다. 걸어서 혹은 자전거를 타고서 아침저녁으로 대지가 내뿜는 냄새나 열기를 가깝게 호흡할 수 있었던 것이 나도 모르게 내 문학의 한 근원이 되었음을 깨닫곤 한다. 자연에 대한 것들뿐 아니라 철길에서 기차에 치여 죽은 사람들, 대두병으로 소주를 콸콸 마시고 자살을 해버린 사람들, 말을 못하거나 절름거리거나 눈이

먼 불구자들의 삶을 내 태생지는 보여주었다. 새벽부터 부지
런히 몸을 움직여 일하지 않으면 수확할 것이 없는 생의 모습
을, 봄에 씨앗을 뿌려야만 가을에 거두게 된다는 이치를, 그
럼에도 불구하고 태풍이나 폭우가 한꺼번에 쓸어가버리기도
하는 인간으로서는 어찌해볼 수 없는 허무와 함께.

　내 태생지의 자연과 인간의 모습들은 끈질기게 내게 들러
붙어 있다가 현재의 내 삶 속으로 불쑥불쑥 쳐들어와 문장을
일구어내곤 한다. 사실에 의해서보다는 결국 자신이 기억하
고 싶은 대로 기억하게 마련이라는 그 기억이란 것이 이렇게
지독한 것인가, 싶어 때때로 몸서리쳐질 때도 있다.

상경 그리고 산업체 특별학급 진학

　도시에는 큰오빠가 있었다.

　중학교를 졸업하고 먼 불빛 같던 큰오빠의 부름에 의하여
태생지를 떠나왔을 때의 나는 열여섯이었다. 감나무가 많은
마당과 항아리들이 나란나란 놓여 있는 뒤란조차도 넓은 시
골집에서 자랐던 나는 갑자기 도시 변두리의 방 한 칸에 놓여
졌다. 유순하고 낙천적이었던 성격이 말이 없고 내성적으로
변해갔다. 함께 상경했던 외사촌과 나는 직업 훈련원을 거쳐
구로 공단의 동남전기주식회사라는 곳에 취직을 했으며 열

일곱 살이 되는 것과 동시에 박정희 대통령이 만든 산업체 특별학급에 진학하게 되었다. 산업체 특별학급이라는 특별한 이름이 붙은 영등포여고는 지금은 지원자가 없어 산업체 특별학급이 폐지되었다. 그때는 그렇게나마 학교에 다닐 수 있는 것만도 행운이었다. 마음속에 불타고 있던 향학열과 환경이 잘 맞아주지 않았던 시절이었다.

산업체 특별학급의 학생이 될 수 있는 자격은 일단 산업 현장에서 일을 해야 한다는 것이었다. 만약 회사를 그만두면 학교도 다닐 수 없는 그런 조건이었다. 그랬는데도 지원자가 많았다. 내가 다닌 동남전기주식회사에서도 10명의 학생을 뽑는데 160명 정도가 지원을 했고, 회사 내에서 시험이란 과정을 거쳐서 10명이 정해진 거였다. 작업을 하다가 오후 5시가 되면 작업대를 떠나야 했으므로 다른 사람들에게 미안했을 뿐 아니라, 외사촌과 나는 스테레오과 A라인의 1번과 2번이었으므로 우리가 학교에 간 후에도 생산이 중지되지 않게 작업을 마친 것을 쌓아놓고 학교를 가야 했다. 우리가 학교에 간 후에도 생산이 지속될 수 있도록. 그래도 그 오후 5시를 기준으로 해서 나는 작업복 대신 교복을 입을 수 있었으며 그것이 좋았다. 공중에 매달려 있는 에어드라이버를 끌어내려 나사를 박아야 하는 외사촌도 급기야는 더 이상 팔이 올라가지 않는다며 눈물이 고인 눈으로 통증을 호소했다가도 5시가 되면 얼굴이 밝아지곤 했다.

우리뿐 아니라 내 여고 시절 친구들은 다 그랬다. 제과회사에 다니던 내 짝 왼손잡이 향숙이는 사탕을 봉지에 싸는 작업을 했는데 손톱이 다 닳아 있었다. 어느 날 그 애는 내 손을 보더니 손이 너무 곱다면서 너 회사에서 놀고먹는구나, 했던 기억도 난다. 지금은 외사촌을 제외한 누구하고도 연락이 제대로 되지 않지만 그 시절 친구들을 내가 잊어본 적은 없다. 저녁 시간 파르스름한 형광등 불빛 아래서 파르스름하게 앉아서 주산이나 타자, 부기 그리고 비즈니스 영어를 졸면서 배우던 누렇게 퉁퉁 부어 있던 얼굴들.

학교를 통틀어 내가 제일 어렸다. 남들보다 한 살 빠른 일곱 살에 초등학교에 입학했으므로 중학교를 졸업하고 1년을 묵었어도 나는 일반 여고 1학년생과 같은 나이였지만, 나와 함께 여고를 다니던 친구들은 대개들 열일곱의 나보다는 서너 살씩 많았다. 거기다 그 당시에는 노조가 설립되는 태동기이기도 해서 농성 때문에 학교를 빠지는 친구들도 허다했고, 단발머리를 하고 단화를 신고 책가방을 들고 있어도 스물여섯이었던 친구도 있었다. 교복과 얼굴이 따로 놀았던 친구들. 교복은 너무 소녀스럽고 얼굴은 너무 피로해 보였던 얼굴들.

살다 보면 알고서는 그리할 수 없는 일들이 많다. 모르니까 오히려 아무 일 아니듯 지나온 일들이 하나둘이 아니다. 헤쳐 나간다는 생각도 없이 그 시절의 시간들은 그렇게 흘러갔다. 극복해야 한다는 생각도 없이 하루하루 지나는 사이 극복해졌던 일들. 알 수 없는 일은 그 틈으로 작가가 되고 싶다는 꿈이 강렬하게 싹텄다는 것이다.

소설가가 되고 싶다

무단결석이 이어졌던 일로 반성문을 써야 했다.

나는 대학 노트가 거의 반이 채워지도록 반성문(무슨 말을 썼는지는 기억나지 않는다. 아마 반성문이 아니라 무슨 작문 같은 게 아니었을까 짐작해볼 뿐)을 써 갔고 그걸 읽은 선생님이 나를 불러 너는 소설을 써 보는 게 어떻겠냐? 하셨는데 그 말씀이 내 마음에 보석처럼 떨어졌다. 선생님은 내게《실천문학》창간호와《난장이가 쏘아 올린 작은 공》을 주었다. 막연히 글을 쓰는 사람이 되고 싶다, 였던 것이 소설가가 되어야겠다, 로 바뀌는 순간이었다. 훗날 내가 내 데뷔 작품이 실린《문예중앙》을 들고 선생님을 찾아갔더니 선생님이 웃으시며 너 정말로 작가가 됐냐? 나는 니가 무엇에도 마음을 못 붙이고 있는 것 같아서 한 말이었다! 하셨다.

내가 다니던 회사에도 노조가 생겼고 회사 쪽에서는 학생들에게 노조에 가입하지 말 것을 종용했다. 노조에 가입하면 학교에 다니지 못하게 한다는 것이었다. 노조에 가입했다가 차례로 불려가 탈퇴서를 썼고 노조원들이 잔업 거부를 하는 여름방학 동안 우리는 멈춘 컨베이어 앞에서 엉거주춤 앉아 있어야 했다. 그때 나는 무심코 작업대 위에 선생님이 선물해준 조세희의 《난장이가 쏘아 올린 작은 공》을 펼쳐 놓고 내 노트에 옮겨보기 시작했다. 처음에는 작업대 위에서만 진행되던 옮겨 적는 일이 나중에는 학교에서도 집에서도 틈만 나면 이어졌다. 영희가 내뱉는 한마디 한마디가 내가 내뱉는 말 같았고 그 말들을 내 노트에 옮겨 적으면서 나는 소설가가 되겠다는 마음을 다졌다. 내 여고 시절은 《난장이가 쏘아 올린 작은 공》을 옮겨 적는 일로 지나갔다고 해도 지나친 말은 아닐 것이다.

3학년이 되었을 때 회사는 도산의 위기에 빠졌다. 우리들의 처지도 더욱 나빠졌다. 아무 절차도 없이 해고 노동자가 속출했고 그 해고 대상자의 첫 순위는 학생들이었다. 나도 회사를 그만두게 되었고 이후 큰오빠가 사다준 책으로 혼자서 입시 공부를 했다. 그나마 대학에 적을 둘 수 있었던 사람은 친구들 중에 나뿐이었다. 나는 주간 아이들 틈에 끼여 매달리기 연습 한 번도 안 해본 채로 체력장을 치르고 이어 학력고사를 치렀다. 당연히 점수는 매우 낮았다. 서울예술대학의 실기 점수 위주의 특수한 입시제도 아니었으면 대학에 진학하지 못했을 것이다. 《난장이가 쏘아 올린 작은 공》이 아니었으면 소설가가 되겠다는 꿈을 그렇게 깊이 간직할 수도 없었을 것이다. 소설가가 되겠다고 남산에 있는 학교 문예창작과에 진학했으나 그동안 내가 머물러 있던 곳과 너무 상이한 분위기로 인해 한동안 대학 생활에 적응을 못했다. 학교보다는 외사촌이 다니는 용산동 동사무소 옆 음악다방에 앉아 외사촌이 퇴근하기를 기다리곤 했다. 외사촌이 귀찮아해 그를 기다릴 수 없는 날은 괜히 거리 여기저기를 기웃거리며 피곤해지기를 기다렸다가 귀가하기도 했다. 무엇에도 마음 붙일 수가 없었다. 학교에 가도 이게 아닌데 싶고, 외사촌과 하릴없이 거리를 쏘다녀도 이게 아닌데 싶고, 최루탄이 쏟아지는 거리를 걸어 다니면서도 늘 이게 아니었다. 그러던 어느 날 소설 창작 수업 시간에 오정희의 소설을 읽게 되었고 그가 춘천에 살고 있다는 사실 하나에 의지해 춘천으로 가는 열차를 타보았다. 춘천역에 내려 포장마차에서 국수를 한 그릇 사 먹고 저기 어디쯤 사시겠지, 생각하며 서성이다가 돌아왔던 기억.

여름방학이었다. 정읍의 부모님 곁에서 여름을 지내고 있던 중이었다. 서울을 떠날 때 가방에 몇 권 넣어간 소설들을 읽는 걸로 여름을 버티고 있던 중이었다. 들쭉날쭉으로 하루에 한 편씩 두 편씩 읽어 내다가 서정인의 〈행려行旅〉를 읽고 〈강江〉을 읽던 중이었다. 문득 《난장이가 쏘아 올린 작은 공》을 필사해보았던 때처럼 〈강〉을 노트에 옮겨 써보고 싶은 충동으로 만년필에 잉크를 채웠다. 그리고 노트에 한 문장 한 문장 옮겨 적기 시작했다. 〈강〉을 시작으로 나는 그 여름을 온통 내 노트에 선배들의 소설을 옮겨 적는 일을 하며 지냈다. 최인훈의 〈웃음소리〉, 김승옥의 〈무진기행〉, 이제하의 〈태평양〉, 오정희의 〈중국인 거리〉, 이청준의 〈눈길〉, 윤흥길의 〈장마〉, 최창학의 〈창槍〉, 박완서의 〈엄마의 말뚝〉, 강호무의 〈화류항사〉…… 그냥 눈으로 읽을 때와 한 자 한 자씩 노트에 옮겨 적어볼 때와 그 소설들의 느낌은 달랐다. 소설 밑바닥으로 흐르고 있는 양감을 훨씬 더 세밀히 느낄 수 있었다. 그 부조리들, 그 비극적 세계관들, 그리고 미학들.

　필사를 하는 동안의 충만함은 내가 살면서 무슨 일을 할 것인가를 각인시켜준 독특한 체험이었다. 방학이 끝났을 때 필사를 한 노트는 몇 권이 되었고 나는 그 노트들을 마치 내가 쓴 작품인 양 가방에 넣고 도시로 돌아왔다. 이후 나는 고독하지 않았다. 언제나 소설 가까이 가려고 애썼다. 돈이 생기면 책을 사 읽었고, 한 작가의 어떤 작품이 나를 매혹시키면 남산 시립도서관에 가서 그의 작품을 쌓아 놓고 며칠이고 읽었다. 한 작가의 작품들을 다 찾아 읽고 나면 한 세계를 얻은 듯 충만했다.

학교를 졸업하던 해에 《한국일보》 신춘문예에 응모해봤는데 그것이 본선에 올라 심사평이 나왔다. 그저 본선에 오른 것이 내게는 아, 이렇게 하면 되는 것인가, 보다는 자신감을 주었다. 같은 해 여름, 다니던 출판사에서 퇴근하면 집 앞에 있는 독서실에 들어가 원고지 한 장도 쓰고 잘 풀리는 날은 열 장도 쓰고 하다 보니 중편소설이 한 편 완성되었고 9월에 그 작품을 《문예중앙》에 투고했으며 은행잎이 우수수 지던 늦가을에 가작으로 뽑혔다는 소식을 들었다. 스물세 살 때의 일이다.

문학을 생의 불빛 삼아

대부분 사람들은 나를 《풍금이 있던 자리》부터 기억한다. 《풍금이 있던 자리》가 나의 첫 책인 줄 아는 사람들도 많다. 나의 첫 책은 《강물이 될 때까지》다. 처음에 《고려원》에서 출간될 때는 《겨울 우화》였지만 훗날 《강물이 될 때까지》로 제목을 바꾸어 재출간을 했다. 그 안에는 아홉 편의 중단편이

수록되어 있다. 등단이라는 것은 또 하나의 시작에 불과했으며 그때부터가 더 어려웠다. 첫 책에 수록되어 있는 아홉 편의 작품들은 생존을 위해 잡지사나 출판사, 방송국에 다니며 한 편 한 편 썼던 것들이다. 직장 생활을 하느라 소설을 쓸 시간도 부족했지만 지금과는 사정이 달라 발표할 지면도 드물었다. 《문예중앙》으로 등단을 했는데 1년 후에 첫 청탁이 온 곳도 《문예중앙》이었으니까. 겨우 1년에 한두 편 발표할 기회가 왔을 뿐으로 그렇게 6, 7년을 지냈다. 아무도 알아주지 않았지만, 때로 나 혼자 쓰고 나 혼자 읽는 거 아닐까? 하는 생각이 든 적도 허다했지만 그건 별개의 문제였다. 무언가 내가 하고 싶은 짓을 하고 있다, 는 사실 하나만으로 존재감이 느껴졌으니까. 그때를 생각하면 문학은 좋아하고 좋아해서 시작해야 할 일이라는 생각이 든다. 그래야 어떤 상황 속에서도 다시 시작하고 다시 시작할 수 있으니까.

완전 무명으로 6, 7년을 지낸 후 첫 책을 묶어내고 나니 곧 서른이었다. 서른이라고 해봐야 인생의 사춘기에 불과한데 그때는 어떻게 이렇게 서른이 되는가, 싶었다. 자기가 하고 싶은 일을 한 번도 제대로 열심히 해보지 못하고 어떻게 서른이 되는가. 서른 앞에 남아 있는 딱 한 해. 여동생에게 1년만 나 용돈을 주라, 1년만 열심히 작품 써보고 다시 일터로 나가겠다, 했더니 여동생이 흔쾌히 그러라고 했다. 다음 날로 그 동안 다니고 있던 방송국을 그만두었고 방 안에 틀어박혔다. 작가 생활 기간 중 가장 행복했던 때가 그 1년이 아니었나 싶다. 형식 실험과 문체 실험을 동시에 해보았던 1년 동안《풍금이 있던 자리》안에 수록되어 있는 작품을 거의 다 썼다. 비록 1년뿐이었지만 하고 싶은 일에 전념을 해보았던 터라 서른이 되는 게 괜찮았다.《풍금이 있던 자리》출간 준비와 동시에 다시 일자리를 알아보고 있는 중이었는데 예기치 않은 일이 생겼다.《풍금이 있던 자리》가 곧 재판에 들어가더니 계속 찍는 쇄와 부수를 늘여갔다. 출판사 측도 저자인 나도 생각지도 않은 일이었으므로 이게 무슨 일이지? 싶었다.

《풍금이 있던 자리》는 내게 나 혼자만의 방과 시간을 동시에 가져다주었다. 그게 93년도였는데 그 이후 장편소설인《깊은 슬픔》,《외딴 방》,《기차는 7시에 떠나네》를 출간했으며, 중단편집으로《오래전 집을 떠날 때》,《딸기밭》을 출간했다. 더불어 같은 길을 걸어가는 여러 재능 있는 동료들에게 미안할 만큼 문학으로부터 많은 은혜를 입었다. 좀 얼떨떨했지만 기뻐하고 잊어버리고 새 작품에 임한 것밖에 달리 한 일은 없다.

《풍금이 있던 자리》이후 다른 일은 하지 않고 작품 쓰는 일에만 전념할 수 있었으나 작품에 대한 갈증은 야릇하게도 점점 더 심해진다. 한 작품을 붙들고 있다가 끝을 내는 순간, 나의 한계를 점점 더 확인할 뿐이다. 여기까지다, 여기가 내 한계다, 하면서 뒷문을 조금 열어놓고 마침표를 찍을 뿐이다. 그 마침표를 찍는 자리가 나의 한계이고 나는 거기서 또 새 작품을 시작하고 있을 뿐이다. 그래서 간혹 누군가 본인은 어느 작품이 마음에 드느냐? 물어 오면 뭐라고 말을 못 하겠어서 그 작품은 아직 쓰여지지 않았겠지요, 하고 만다.

소설을 생각하면 불끈 자존심이 세워지던 연유는 소설을 통하여 인간의 가치를 성찰할 수 있었기 때문이었다. 해서 작품 쓰기의 내 첫 번째 원칙은 어떤 이유에서든 타자를 상하게 하는 글쓰기는 안 된다는 것이었다. 앞으로도 얼굴이 통통 붓는 것같이 막막한 일들이 많이 있겠지만 어떤 상황에서도 문학을 생의 불빛으로 여기며 더듬더듬 길을 찾을 때와 같은 마음을 잃지 않으려고 한다.

문학으로
가는 길을
찾기까지

1996년 제20회 이상문학상 대상

윤대녕

내 유년의 뜰, 말 없는 사람들이 가끔 무서울 때

방은 되게 어두워서 낮에도 잠이 왔다. 몇 살 때던가. 기이하게도 여섯 살 이전의 기억은 뇌리에 전혀 남아 있지 않다.

최초의 기억은 조모의 등에 업혀 천연두 예방 주사를 맞기 위해 국민학교(지금의 초등학교)에 가던 날에서 비로소 시작된다. 더웠던가? 암만해도 그랬던 것 같다. 학교 화단에 붉은 백일홍들이 줄지어 피어 있었으니 말이다. 운동장에 곱돌이 많이 박혀 있는 학교였다. 그게 활석滑石이라는 것을 알게 된 것은 나중에 커서 누군가의 시를 읽고 나서다.

주사를 맞기 위한 긴 대열의 뒤에서 나는 곱돌을 들고 땅에다 무언가를 그리고 있었다. 나는 무얼 잘 먹지 않는 나쁜 버릇이 있어서 그 값을 하느라고 여름날만 되면 해파리처럼 축 늘어져 기운을 쓰지 못했다. 나는 또 숙맥이라 말도 제대로 못 했으므로 주위에 친구들도 없었다.

지금도 그날 오른쪽 어깨에 꽂히던, 햇빛에 섬뜩하게 반사되던 주삿바늘을 잊을 수가 없다. 그 가느다란 쇠침이 내 몸에 들어와 박히는 순간 나는 제대로 소리도 지르지 못하고 그만 정신을 잃고 말았다. 그 후 며칠을 나는 캄캄한 방에 누워 밖으로 나오지 않았다. 아마도 침 몸살을 앓고 있었던 것 같다.

그리고 일곱 살이 될 때까지 또 까맣게 기억이 지워져 있다. 나는 조부모 밑에서 자랐는데 그들 역시 종일 입을 다물고 있는 사람들이었다. 1년 365일 아무 소란스러운 일도 일어나지 않는 조용한 집이었다.

말 없는 사람들이 가끔 무섭게 생각될 때가 있었다. 그래서 밥때가 싫었다. 침침한 석유 등잔 아래 밥상을 놓고, 서로 아무 말 없이(나는 늘 무릎을 꿇고 밥을 먹었다) 수저질을 하는 게 여간 고역스럽지가 않았다.

조모가 저녁상을 물리면, 또 조부에게 붙들려 나는 먹을 갈고, 더듬더듬 한자들을 배웠다. 혹은 그림을 배웠던 것 같기도 하다. 아, 그 검은 먹 냄새. 혹은 병풍 위를 소리 없이 질러가던 어둠의 기묘한 그림자들.

여덟 살 때 조부모 집 떠나 가난한 부모 곁으로

일곱 살 때 조부가 교장으로 있던 학교에 들어갔다. 날이면 날마다 집 둘레에 있는 뽕나무밭이나 파밭, 당근밭을 혼자 헤매고 다니는 손자가 보기에 좋지 않았을 것이다.

입학도 안 하고 1학년 2학기에 나는 학교 소사(사환 아이)에게 끌려가 교실이라는 낯선 공간에 내던져졌다. 나는 불쑥 내가 내던져진 그 침침한 공간이 싫었다. 팔삭둥이처럼 늘 힘들어하기만 했다. 밤마다 조부에게 불려가 과외 공부를 하는 것이 차라리 좋다고 생각될 지경이었다.

물론 과외 공부는 학교에 들어가고 나서도 계속됐다. 겨우 하루에 두세 자의 한자 공부가 끝나면 조부는 밤길에 내게 막걸리 심부름을 시키거나 빈 대두병을 들려 석유를 받아오게 했다. 오는 길은 무서워서 여지없이 주전자 꼭지에 입을 대고 찔끔찔끔 막걸리를 빨아먹거나 당근밭에 웅크리고 앉아 석유 냄새를 맡곤 했다. 집 마당에 들어서면 술기운 때문에 어느덧 무릎의 힘이 약간 풀려 있었다. 그 느낌이 서글프고 한편 좋기도 했다.

부모에 대한 기억은 여덟 살 때부터 비롯된다. 참으로 이상한 일이다. 암만 부모가 분가해 살았더라도 가끔은 나를 보러 오기도 했을 텐데, 그때까지 부모에 대한 기억이 전무하다니. 어느 날 보라색 한복을 입은 어머니가 당근밭 길을 가로질러 내가 살고 있던 조부의 집으로 왔다. 나를 데리러 왔던 것일까. 잘 모르겠다.

어쨌든 아홉 살이 되니 나는 부모와 함께 온양에 있는 과수원 밑에 있는 집에서 살고 있었다. 누나가 하나, 여동생이 둘이었다.

나는 아버지가 누워 있는 커다란 침대 밑에서 자곤 했다. 나는 봄이면 봄대로 여름이면 여름대로 환절기마다 매양 아파 누워 있었으므로 아버지는 늘 나를 못 미더워했다.

나중에야 나는 아버지가 산다는 일에 있어서만큼은 남들보다 두 배는 힘이 센 사람이라는 것을 알게 되었다. 힘이 세지 않으면 안 됐으리라. 아버지가 하는 일은 매사 잘되는 게 없었으니 말이다.

아버지는 투계를 키우며 가끔 놈들에게 고추장을 먹여 싸움을 붙이곤 했다. 그러면 트럭을 타고 지나가던 미군들이 종종 내려와 그걸 구경했다. 아버지는 미군 부대 출신이었으므로 그들과 독한 술을 마시며 엉터리 영어로 밤늦게 얘기를 주고받곤 했다.

과수원 밑에서 상점을 하다 어느 겨울엔가 투계가 찬바람을 맞고 죽어버린 아침에 우리 식구는 또 어디로 갔던가.

온양 어디 다른 곳이었던 것 같다. 그다음엔 평택이었던가, 의정부었던가. 그러고 그런 다음엔? 이상하게 유년의 기억은 안개와도 같이 온전한 게 거의 없다. 기억이 맺힐 만하면 어디론가 문득 옮겨갔던 탓이었을까. 옮겨 다니면서도 줄곧 가난했다. 아니 가난했기 때문에 늘 옮겨 다녔던 것이리라. 아주 가끔은 조부의 집으로 돌아가고 싶을 때가 있었다.

병약하고 공부도 못했던 나, 책에 빠지다

전학을 여섯 번쯤 다니다 국민학교 5학년 때 대전 변두리에 블록 집을 지어 이사하고 난 다음에야 내 기억은 연속성을 갖고 마침내 온전해진다.

그때부터는 신기할 정도로 세세한 것까지 다 뚜렷이 기억난다. 나는 병약한 소년이었고 누나 동생들에 비해 학교 공부도 그닥 잘하는 편이 아니었으며, 아무 특징도 없는 아이였다. 그런 외아들이 실망스러웠던지, 아버지는 나를 보기만 하면 늘 얼굴이 굳어졌다. 그게 나는 괴로웠다. 학교에서 돌아오면 방 안에 틀어박혀 책 읽는 일로 시간을 죽이며 잠자리에 들 때만 기다렸다. 중학교에 들어가서부터는 독서 취미가다소 병적으로 변해, 학교 도서관에서 빌린 책들을 닥치는 대로 읽어대기 시작했다. 한 달에 약 열 권쯤, 3년 내내. 그리고 3학년 때 처음으로 약 50매 정도 되는 소설(?)을 썼던 기억이난다.

고등학교에 들어가 나는 우연히 같은 학교 선배를 따라갔다가 '동맥'이라는 문학 동인회에 별생각 없이 가입했다. 대전에 있는 각 학교의 문예반 학생들이 기성 시인 한둘과 대학생이 된 선배들을 중심으로 만든 동인회였다. 그때부터 치기와 겉멋이 무엇인지 조금씩 알게 됐다. 교복을 뒤집어 입고 선배들을 따라 술집을 전전하기도 하고 진해 군항제나 밀양 아랑제 그리고 대학에서 주최한 백일장 같은 데를 부지런히 쫓아다니기도 하고 현상문예에 소설을 응모하기도 했다. 가끔 상을 받기도 했던 것 같다.

그때 교복을 입고 백일장에 몰려다니던 문우들이 아직도 다 기억난다. 가당찮게도 서로를 문사라고 부추겨 주던 어이없는 친구들. 그렇다고 훗날 모두가 시인이나 소설가가 된 것은 아니지만 그중에는 안도현 같은 좋은 시인도 있었다. 학교 공부는 갈수록 뒷전이었다. 3년 동안 거의 한 달에 한 편씩 소설을 써대며 찬바람이 불면 벌써부터 신춘문예 병이 들어 방 안에 처박히기도 했다. 3학년 1학기에 나는 이미 재수를 생각할 정도로 성적이 나빠져 있었다. 어쩌다 백일장이나 현상문예에서 받은 상장을 들고 가도 집에선 아무도 탐탁해하는 사람이 없었다. 재수할 때도 공부한 기억은 거의 없다. 여기저기 가방을 들고 떠돌이다니다 학원과 녹서실에서

2~3개월 공부한 게 전부였으니 말이다. 결코 문과대학에 보내지 않으려는 아버지와 맞서 나는 문예 장학금을 주는 학교를 찾아 고등학교 때 백일장과 현상문예에서 받은 상장 몇 개를 들고 단국대학교 불문과에 입학했다.

대학, 군대 생활 그리고 입산

대학에 가서도 그리 공부에 열심이었던 것 같지는 않다. 지금 생각하면 조금 후회스럽기도 하다. 자취방에 처박혀 롤랑바르트나 바슐라르, 프레이저, 융 같은 이들의 저작을 교과서 대신 읽었고 어쩌다 학교에 가도 뭘 얻어들을 게 없나 싶어 국문과나 기웃거렸다. 3학년 때까지 나는 가끔 데모나 쫓아다니고 자취방에서 소설이나 쓰고 그 나머지는 계속 술만 퍼먹고 다닌 어쩔 수 없는 불량이었다. 1학년 때부터 매년 신춘문예에 응모했지만 계속 낙선이어서 나는 학년을 마치고 화천에 있는 7사단으로 입대했다. 대학은 물론이고 우선 나 자신이 환멸스러워 견딜 수가 없을 때였다.

전방에서의 군 생활은 돌아보고 싶은 생각조차 없다. 그것은 수치며 모멸이었고 매일매일 가슴팍에서 청춘이 푹푹 썩는 냄새가 나서 기상나팔이 울려도 눈을 뜨기 싫었다. 밖에서 우편으로 부쳐온 시집들을 성경처럼 읽으며 제대할 날만 손

꼽아 기다렸다. 그때 군복을 입고 100권쯤 읽은 시집들이 훗날 글쓰기에 많은 영향을 주었다.

군에서 제대했을 때 나는 아버지 앞에 무릎 꿇는 마음이 되어 있었다. 아버지가 살아온 무시무시한 노동의 삶 앞에서 나는 문득 기가 질려 있었다. 아버지의 주름투성이인 얼굴을 보며 앞으로 뭘 해야 할지 몰라 나는 제대 1주일 만에 공주에 있는 절로 짐을 꾸려 들어갔다. 무슨 까닭인지 조부가 살고 있던 옛집으로 돌아가고 싶었지만, 이미 그는 세상을 뜬 다음이었다. 절에선 무얼 했던가. 무려 1년 동안 공주의 조그만 암자에서 유예의 시간을 보내며 나는 자신을 투명하게 보려고 몸부림쳤다. 그러나 나는 불경이나 뒤적이며 빈둥거렸고, 혹시 써먹을 데가 있지 않을까 싶어 영어나 경제학, 민법 같은 책들을 하루에 열다섯 시간씩 붙잡고 늘어지는 가당찮은 짓을 일삼고 있었다. 소설을 썼더라면……. 내가 투명해질 리 없었다.

문학의 길, 지금 내가 가고 있는 길

이듬해 봄이 왔을 때도 나는 산에서 내려가는 일을 자꾸 미루고 있었다. 복학할 생각이 없었던 것이다. 그렇다고 중이 될 수도 없었고 그런 마음의 호됨이나 싶이도 없었다. 순전히 주위 사람들의 뻔한 현실론에 떠밀려 나는 다시 복학했고 한 순간 번뜩, 내가 할 수 있는 유일한 일이 문학이라는 것을 아프게 깨달았다.

1988년《대전일보》신춘문예에 소설〈원圓〉이 당선되고 대학을 졸업한 다음, 기업체 홍보실에 근무하던 1990년에 나는 《문학사상》에 단편〈어머니의 숲〉으로 등단했다. 1994년 첫 창작집이 나오고 나서 이른바 전업할 때까지 나는 그야말로 좌충우돌하며 살았던 것 같다. 나는 내가 들어가야 할 문이 어디 있는지를 몰랐고 겨우 문을 찾아 열면 여지없이 어둠만 함정처럼 들여다보일 뿐이었다. 이제 등단한 지 6년. 문학에 대해, 소설에 대해 뭘 안다고 함부로 떠들 나이가 아니다. 그 언제쯤 내가 투명해 보이고 문학에서 밝은 빛을 볼 수 있는 것일까. 아직도 한참 멀었겠지. 길은 멀어서, 끝에 닿을 수가 없어서 늘 걸어갈 이유가 생기는 것인지도 모르니까.

문학적 연륜이 아니고 사람 나이로 볼 때 서른다섯이면 제 앞가림 정도는 할 줄 알아야 하는데, 아직도 나는 주위에 아픈 사람들을 많이 두고 있다. 그럴 때는 어째서 하필 소설이 아니면 안 되는가, 라는 질문을 스스로에게 하게 된다. 그러나 그때마다 대답은 없다. 아니, 대답이 있을 수 없으리라. 내게 이제 그것은 왜 사느냐고 하는 질문과 같다. 보잘것없는 자에게도 운명이라는 건 주어지는 법인가. 그렇다면 그 운명의 힘이 끄는 방향을 따라 걸어가 보는 것도 혹은 괜찮지 않을까. 당신이 누군가를 사랑하는 데 이유가 있을 수 없듯 나도 지금 내가 가고 있는 길의 이름을 되풀이해서 물어보고 싶은 생각이 이제는 없다. 그것은 두려워하고 있기 때문이 아닐까. 그렇게 두려워하고 멈칫거리는 사이, 시간은 거침없이 우리 앞을 지나쳐 다시 돌아올 수 없는 길로 빠져 달아난다. 그러므로 사랑할 때는 오직 사랑에 몰두할 수밖에 없지 않을까. 그것이 혹은 헛된 일이라도, 나중에 가서 나를 구하고 또한 아픈 너를 함께 구하는 일이 되리라는 믿음을 가지고서 말이다.

다시
쓰는 사람

2019년 제43회 이상문학상 대상

윤이형

1976년(1세) 태어났다. 어린 시절의 기억은 거의 없다. 언제부터 언제까지 어떤 집에서 살았는지, 어느 동네였는지, 언제 무슨 일이 일어났는지, 부모님은 어떤 모습이었는지조차 기억하지 못한다. 그래도 누가 물어보면 대답을 해야 해서 "집에 책이 많았고 그게 좋았다" 정도로 얼버무린다. 집에 동물이 많았고 그게 좋았다. 고양이, 강아지, 잉꼬, 비둘기. 어머니는 건강이 좋지 않았고 아버지는 바빴기 때문에 나는 우리 집에 입주해 가사와 육아를 맡아준 영희 언니라는 사람의 손에서 자라났다.

1983년(8세) 어머니가 반신마비 증상을 보이며 쓰러져 의식이 없는 상태로 중환자실에서 오랫동안 생사를 넘나들다 살아났다. 뇌 질환이었기 때문에 언어 기능이 거의 상실되었고 한동안 거동도 불가능했다. 어머니는 재활 끝에 다행히 기적적으로 회복되었지만, 이때의 두려움이 평생 나를 따라다니게 되었다.

1987년(12세) 처음으로 쓴 픽션은 소년 모험 만화영화 〈태양 소년 에스테반〉의 2차 창작이었다. 누런 시험지를 한 묶음 사서 거기에 지칠 줄 모르고 모험 이야기를 썼다. 서울 사직공원 안에 있던 어린이 도서관을 좋아해서 방과 후에 찾아가 열심히 책을 빌려 읽었다. 친한 여자 친구 셋과 함께 '꾸러기'라는 모임을 조직했다. 여자를 괴롭히는 남자아이들을 응징하는 단체였다. 평생 할 신체적 성장을 이때 다 끝내버린 나는 반에서 키도 몸집도 제일 큰 여자아이였다. 학교는 언덕 꼭대기에 있었고 거기서 더 올라가면 부서진 집들의 잔해가 끝없이 펼쳐져 있는 철거촌이 있었다. 우리는 부서진 집 중 한 채를 아지트로 정해 놀았고 남자아이들을 거기로 불러내 패싸움을 하기도 했다.

1989년(14세) 중학생이 되었다. 영희 언니가 우리 집을 떠났기 때문에 엄마와 나는 둘이 남게 되었다. 아버지가 언제부터 집에 안 계셨는지는 확실치 않다. 아무튼 집안 경제 상황이 옛날처럼 좋지 않다는 것은 확실히 알 수 있었다. 엄마는 영차, 하는 분위기로 싱글맘 생활을 시작했고 나는 사춘기가 시작됐다.

1990년(15세) 국어 선생님에게 칭찬을 받고 싶어서 글짓기 숙제로 중2 특유의 자의식에 현학적 단어들을 엄청나게 많이 버무린 글을 써서 냈다. 선생님은 내 글을 수업 시간에 읽어주시며 "어휴, 이런 글을 너무도 오랜만에 읽어보는구나……. 이런 단어들……" 하고 상념에 잠긴 표정을 지으셨다. 그때는 칭찬인 줄 알았는데 지금 생각해보니 선생님은 아마도 문청 시절 자신의 흑역사를 떠올리고 계셨던 것 같다.

1992년(17세) 고등학교에 들어갔고 수포자(수학 포기자)가 되었다. 수학 시간에는 일기장에 일기를 썼다. 내 원래 꿈은 생명공학자였는데 이때를 계기로 진로가 바뀌었다.

1995년(20세) 대학에 들어갔지만, 독감으로 오리엔테이션에 결석하는 바람에 사람들과 친해지지 못했다. 뒤늦게 과방에 찾아가 열심히 연습한 "선배, 밥 사주세요"를 입 밖에 냈지만, 선배들과도 가까워지지 못했다.

새내기들은 몸을 가누지 못할 만큼 술을 마시다가 길에서

율동을 하며 팔짝팔짝 뛰어야 했다. 선배들은 그걸 '사회화'라고 불렀는데, 그런 강요된 집단행동이 싫었다. 중앙동아리에 들어갔지만 거기서도 3개월밖에 버티지 못하고 그만뒀다. 학과 공부와 병행하기가 버거웠던 데다 "수습은 수습다워야 한다, 군기가 빠져서는 안 된다" 등의 말을 들었기 때문이었다.

대학 1학년 1학기를 떠올리면 공강 시간마다 쉬는 대신 중앙도서관으로 향하던 과 동기들, "나는 학과 공부에 집중해야 해서 동아리는 안 들려고" 하고 슬프게 중얼거리던 아이들이 떠오른다. 몇몇이 아니라 많은 아이들이 그랬다. 내가 다니던 과엔 그렇게 첫 학기부터 이를 악물고 있던 아이들과 외국에서 오래 살다 와서 원어민 수준으로 영어를 구사하는, 이미 완성된 엘리트에 가까워 보이는 아이들이 공존했다. 극과 극이었다. 이렇게 말하면 사람들은 스펙 쌓기, 개인주의, 신자유주의 등의 단어를 떠올릴 것이다. 실제로 그때는 신자유주의의 태동기였다. 하지만 지방에서 올라와 기숙사에 머무르며 아르바이트를 하면서 한 학기도 빠짐없이 장학금을 꼭 받아야만 했던, 그러지 않으면 안 된다는 절박함을 공유하고 있던 그때 그 아이들의 얼굴과 사정이 크게 다르지 않았던 나를 떠올리면 아무 말도 쉽게 할 수가 없다.

가끔 이때로 타임머신을 타고 가 스무 살의 나에게 말하는 상상을 한다. "아니야, 그러지 마. 그렇게 죽기 살기로 살아남아야 한다는 생각만 하지 않아도 돼. 다른 동아리에 들어도 되고 하루 종일 꿈만 꿔도 되고 학회 같은 데 들어가 정말로 하고 싶은 공부가 뭔지 알아봐도 돼. 사람들을 만나고 좋은 선배들과 선생님들을 찾고 그들과 시간을 보내. 그래도 굶어 죽지 않아. 20년 후에 너는 지금 그렇게 안 한 것을 너무 많이 후회하게 돼." 하지만 타임머신은 아직도 발명되지 않았고 그때는 다른 생각을 할 수 없었다. 계산해보니 어머니의 정년 퇴직과 내 대학 졸업 시기가 딱 맞아떨어졌다. 곧바로 취직을 해야 한다는 생각이 들었다(이렇게 말하면 어머니는 "미안하다, 나 때문에" 하시겠지만 그러시지 않기를 빈다. 그렇게 따지자면 총명한 천재 소녀였고 대학 때는 메이 퀸May Queen으로 뽑힌 적이 있던 어머니가 나를 키우기 위해 꿈과 인기를 모두 포기했다는 사실을 말해야 하고 우리는 또 죄책감 배틀을 해야 하는데 나는 그게 싫다. 마흔 살이 넘어서까지 삶이 내 뜻대로 되지 않아 너무나 한심한 일로 어머니에게 종종 울면서 SOS를 치기도 하는 나니까 이런 건 서로서로 조금은 무심하게 이해하고 넘어갔으면 한다).

전공은 영문학이었지만 문학에는 뜻이 없었다. PC통신 하이텔의 하루키 소모임에 들어가 활동하기 시작했다. 오프라인보다 온라인에 극단적으로 의존하는 생활이 시작되었고 모든 인간관계가 온라인 중심으로 재편되었다.

　1996년(21세) 학생회관 앞에 '한열이를 살려내라' 구호가 쓰인 낡은 걸개그림이 걸려 있었고 바로 그 건너편 도서관 앞에서 머리를 반삭한 이상은과 황보령의 얼터너티브 록 공연이 열렸던 게 기억난다. 전혀 어울리지 않는 조합이었다. 전자는 이미 끝나버린 시대의 잔재로, 후자는 내가 열광해야 할 세련된 저항의 방식으로 보였다. 그리고 시끄러워 죽겠는데 대체 이게 다 뭐람? 공연을 하려면 공연장에서 할 것이지 왜 도서관 앞에서 남에게 피해를 주는 거야? 하는 표정으로 걸어 다니던 많은 사람들.

　그해 봄에 내가 나가지 않은 시위에서 같은 학교 학생이 세상을 떠났다. 여름에 한총련 사태가 일어났을 때 나는 유럽 배낭여행을 하고 있었다. 나는 내가 어떤 중요한 장면들에 계속 불참하고 있으며 내가 제때 경험해야 할 무언가가 계속 유예되거나 지연되고 있다는 걸 알았다. 하지만 아무리 노력해도 사회과학 서점의 강요하고 계몽하는 듯한 분위기를 좋아할 수는 없었다.

　나는 홍대 앞에 막 생기기 시작한 카페들과 처음으로 버스킹 공연들이 열리던 그 동네의 좁은 골목들에 깊은 소속감을 느끼기 시작했다. 학교 앞에 있던 대형 백화점의 지하 쇼핑몰을 유령처럼 몇 시간이고 걸어 다니는 날이 많았다. 그곳의 화려하고 노골적인 삭막함이 마음 편했다. 또래 친구들이 취향의 개척자-숙련자-전문가가 차례로 되어가는 것을 바라보았고 나도 그들을 따라했다. 우리는 서로를 도와가며 잘 소비하고 주의 깊게 소비하고 좀 더 멋지게 소비하는 법을 배우고 갈고 닦았다.

1997년(22세) 학교에서 왕가위의 〈해피 투게더〉 상영회가 열렸다. 공연윤리위원회가 '전반적으로 흐르는 동성애'를 이유로 심의 불가 판정을 냈는데, 그 판정이 합당한지 관객들에게 묻기 위해 열린 상영회였다. 상영회가 끝나고 영화에 취해 친구와 하염없이 밤길을 걸어 다녔다. 나는 과잉된 비장함을 장착한 전형적인 90년대 키드였다. 사랑이 세상과 싸우는 가장 적극적이고 정치적인 방식이라고 믿었다. 내게 시간과 공간은 대중문화의 필터를 통해서만 감각되고 기억되었다. 내용을 다 이해할 수 없었지만 《키노》를 사랑해서 들고 다녔고, 시네필은 아니었으나 영화 한 편 때문에 며칠 동안 잠을 못 자기도 했다. 언론고시를 준비하고 있었지만, 졸업하면 영화 관련 일을 하고 싶다고 몰래 생각하고 있었다.

1998년(23세) 등록금을 내야 했는데 부족했다. 머리를 짜내다가 학교 신문 공모에 시를 써 보냈는데 뽑혀버렸다. 소설을 쓰지 않았던 건 소설을 쓸 줄 몰랐고 소설은 시보다 길기 때문이었다. 시도 쓸 줄 몰랐던 건 마찬가지였지만 마감 전에 낼 수는 있었다. 시에 대해 알지도 못하면서 단어들 몇 개를 짜깁기해 내서 돈을 받았다는 생각 때문에 이후 10년 이상 시를 읽지도, 쓰려고 시도하지도, 서점의 시집 코너 가까이에 가지도 못했다. 시를 조금씩 다시 읽게 된 건 최근인데 나는 아직도 그 일이 많이 부끄럽다.

1999년(24세) 졸업과 독립을 했고 영화잡지사 기자가 되었다. 원고를 빨리 쓰는 일에 재능이 있었지만 다른 사람들보다 영화에 대한 지식과 애정이 부족하다는 자괴감으로 괴로웠다. 그러니까 나는 계속 진정성 문제에 시달리고 있었다. 그렇게 지하 3천 미터까지 진정성의 굴을 파며 괴로워할 시간에 생각을 멈추고 그냥 손과 발을 움직이면 됐을 텐데.

아무튼 바라던 대로 생활인이 되었다. 내 마음속에서는 얼마 전부터 예술과 생활이라는 두 세계가 이분법적으로 나뉘어 서로를 적대하고 있었다. 나는 예술을 짝사랑했지만 내가 그 세계에 속하지는 못할 거라고 생각했기 때문에 예술과 예술가들을 질투하고 시기했다. 예술의 세계가 나를 멸시한다고 느꼈다. 그럼에도 밤에 자리에 누우면 내가 써내는 글들이 조금 더 나만의 것이고 조금 덜 휘발성이었으면 하는 생각이 들었다.

2004년(29세) 동경하던 영화제 프로그램팀에 들어가 4개월간 합숙을 해가며 일을 했다. 정말 많이 사랑하던 곳이어서 영광이었고 기뻤지만, 영화제가 끝나자 갈 곳이 없었다. 이때는 일렉트로니카 음악에 빠져 있어서 이러다 토하겠다 싶을 정도로 심하게 음악을 듣기도 했다. 비슷한 시기에 시작한 온라인 게임도 마찬가지였는데 PC방에서 밤을 새우고 다음 날 저녁에 퇴근한 직장인들이 올 때까지 눈물을 흘리며 게임을 계속하는 날도 있었다. 나는 좋아하는 게 정말 많은데 그것들을 가지고 이렇게 폐인이 될 정도로 나를 소모하는 일밖에 하지 못하는구나, 생산하는 능력은 내게 없구나, 생각했다. 계속 열심히 살았지만 힘이 들었고 나는 축적이나 과거와의 연결점 없이 흩어지고 흩날리기만 했다. 내가 사랑하는 어떤 것으로도 내 삶의 척박한 조건을 바꾸거나 단단한 내 세계를 만들어낼 수가 없었다.

처음으로 모 문예지의 소설 공모전에 응모해봤다(당연히 떨어졌는데 지금까지 이 사실을 숨겼다. 이 경험이 너무 잊고 싶은 것이어서 나도 모르게 기억에서 누락했던 것 같다. 죄송합니다). 한겨레문화센터의 소설 창작 수업에 등록했다. 새로 들어간 회사에 외근을 하겠다고 속이고 일주일에 한 번씩 수업을 들으러 갔다. 숙제로 쓴 단편들을 모아두었다.

2005년(30세) 되는 일이 너무 없다는 생각을 하다가 소설이 당선되었다는 전화를 받았다. 기쁜 나머지 글을 쓰겠다면서 회사를 그만두는 실수를 저질렀고 이 어리석은 선택에 대해 이후 14년 내내 후회하게 된다. 얼마 뒤 내 응모작들을 읽으신 한 선생님이 나를 따로 불러 "남자 어른들에 대한 적대감이 너무 심한 것으로 보이는데, 그러지 말고 그들을 너그럽게 용서하면 너의 세계가 훨씬 넓어지고 풍성해질 것"이라는 요지의 말씀을 하셨다. 내가 잘되라는 뜻에서 하신 얘기였겠으나 따르지 않기로 했다.

2008년(33세) SF 창작 수업을 듣고 수강생들과 함께 합평 모임을 만들었다. 내가 진심으로 사랑한 유일한 글쓰기 모임이었다. 훌륭한 SF 작가들을 알게 되었고 그들을 따라 해보고 싶었지만 잘되지 않았다. 하지만 순문학계에는 거의 알려지지 않은 작가들을 어떻게든 알리고 싶어서 기회가 있을 때마다 이야기하고 다녔다. 처음으로 국내 SF 작가들을 만나 이야기해볼 기회가 있었는데, 그들 중 한 작가가 내가 어느 인터뷰에서 SF에 대해 했던 말을(무식에서 나온 한심한 실언이었다) 종이에 커다랗게 프린트해 다이어리에 끼워가지고 온 것을 곁눈질로 보았다. 그 작가는 아마도 그 발언에 대해 화가 났었고 내게 항의하거나 물어보고 싶었던 것 같다. 그런데 그날 자리가 끝날 때까지 그는 그 종이를 내게 보이지도, 그것에 관해 어떤 이야기를 꺼내지도 않았다. 관용이구나, 생각했다. 딱 한 번이구나, 직감도 했다. 무지를 모른 척해준 그가 진심으로 고마웠다. 그 뒤로 공부하지 않고는 절대 SF에 대해 함부로 말하지 않겠다고 다짐했고 정말 열심히 공부했다. 채워지지 않는 인정 욕망 때문에 내면이 건강하지 못했지만 괜찮은 척했다.

2009년(34세) MB정권 하에서 일어난 사회적 일들(때문이라고 하면 지금은 몹시 낯설고 기이하게까지 들리지만 사실이었다. 시간은 얼마나 빠르게 흘러가는가)과 개인적인 불행한 일들, 잘 쓸 수 없다는 자괴감이 겹쳐 더 이상 글을 쓸 수 없게 되었다. 일기 한 줄도 쓸 수 없었고 일상에서도 실어증이 왔다. 우울증 치료를 위해 받은 검사에서 그림 카드 여섯 장을 보며 이야기를 만들어야 하는 부분이 있었는데, 잘되지 않아서 초조한 나머지 땀이 흘렀다. 상담사는 내 직업을 듣더니 좀 많이 걱정하는 표정을 지었다. 뇌 기능이 생각보다 많이 저하되어서 앞으로 서사를 만드는 일을 다시 하기는 어렵겠다는 판정이 내려졌다. 울고 싶으면 참지 마세요, 상담사가 말했다. 나는 울지 않았다. 나라면 그렇게까지 단정적으로 말하지는 않았을 텐데. 나의 안팎에서 무슨 일이 일어나는지 잘 모르는 상태로 간신히 시간을 보냈다.

2012년(37세) 아이가 태어나고 5개월이 되었을 때 이유식을 만드는 틈틈이 단편을 썼다. 3년 만이었다. 배밀이를 하는 아이 앞에 교정지를 펼쳐놓고 퇴고를 하는데 아이가 자꾸만 기어와 펜을 붙잡는 바람에 교정지가 새빨개졌다. 땀을 흘리면서 글을 고쳤다. 많은 것이 단순해졌고 내가 세상의 맨 밑바닥으로 떨어졌다는 생각이 자주 들었으나 육아의 고통에 비례해 내밀한 자존감은 높아졌다.

2014년(39세) 교황이 세월호 유족들을 만나는 광경을 TV에서 보다가 '국가가 힐 일을 세대로 하지 않아서 저분들이 교황님께 호소하는구나. 이 나라에, 우리에게 아버지가 있었으면 좋겠다' 하고 생각했다. 그리고 그 문장들을 페이스북에 썼다. 써놓고 나서 뭔가 잘못됐다는 생각이 들어 글을 지웠다. 왜 '아버지'가 있어야 하지? 그 역할을 해낼 수 있는 사람을 내가 왜 당연히 남성으로 상상했던 건지 궁금했다. 많은 사람들과 함께 감정적으로 힘든 와중에도 나 자신의 사고방식에 대해 의문이 들었다.

2016년(41세) 강남역 살인사건이 일어났다. 그날 태어난 많은 '여성' 중에 나도 있었다. 공부를 시작했다. 즐거우면서 기가 막혔고, 거의 항상 화가 나 있는 상태가 이어졌다. 멋진 여성들을 알게 되고 놀라움과 짜릿함을 느끼면서 나의 많은 부분이 바뀌어갔다. 신전들이 무너지고 우상들이 깨져 실려 나간 빈자리에 가치관의 재건 작업이 시작되었다.

10월 20일, 밖에 나갔다가 택시를 타고 집에 오면서 트위터를 보았고 계속 울었다. 말로 할 수 없는 길고 무참한 시간들의 시작이었다. 내가 몸담았던 세계의 끔찍하고 적나라한 민낯이 거기 있었다. 열심히 쓰겠다는 생각을 할 수 없었다. 글쓰기에 필요 이상의 의미를 부여하지 않겠다는 다짐만을 겨우 할 수 있었다.

2018년(43세) 글을 거의 쓰지 못했고 쓰고 싶지도 않았다. 무지개다리를 건너간 내 고양이 이야기는 써서 남겨두고 싶었으나, 너무 끔찍해서 쓰다가 도중에 버려야겠다고 생각했다. 그러다 낭독회에 가서 좋아하는 시인 두 명이 함께 낭독하는 시를 들었다. 끝까지 해보자, 생각했다. 잘 쓸 수 없더라도 다시 써서 끝을 내고 싶었다. 그날 옆자리에 있던 친구는 몰래 울었다고 했다. "형이하학적인 라이트를 발 앞에 비추고 잃어버린 분노를 찾느라 그런 종류의 언어가 내 안에도 있음을 잊어버렸다는 걸 깨달아서"라고 했다. 알 것 같았다. 내 마음도 비슷했으니까. 집에 돌아와 쓰던 소설을 다 지우고 처음부터 다시 쓰기 시작했다.

2019년(44세) 다이어리를 사면서 위클리가 아니라 데일리 형식을 골랐다. 앞으로는 온라인이 아니라 오프라인의 종이 위에 하루에 한 평범한 일들을 조금 더 구체적으로 적어두어야겠다는 생각이었다. 무엇을 먹었다거나, 하다못해 그런 거라도. 손으로 쓴 것은 좀 덜 휘발되고 좀 더 잘 기억되고 오래 남지 않을까. 내게는 기억의 절대량이 몹시 부족하다고, 그래서 나는 나 자신의 역사를 제대로 알지 못한다고 생각해왔다 (실제로 밑천이 적어서 소설을 쓰는 일이 매우 어렵다). 그런데 정말 그럴까? 나는 실은 그냥 자신을 똑바로 바라보는 일을 잘 못하는 인간이었던 게 아닐까? 다음번에 나의 '역사'를 써야 하는 일이 생기면 아무리 하찮아 보이더라도 내가 지나온 나 자신의 시간들을 최대한 정직하게 다시 적어보고 싶다는 생각을 했다. 그 결과물이 이 글이다.

　지금의 내겐 거창한 것들은 크게 의미가 없다. 왜 쓰는가, 무엇을 위해, 어떤 목소리로, 지금 여기에 어떤 이야기가 필요하고 시대와 타인의 고통에 어떤 식으로 접근해야 하고, 예전에 너무나 열심히 고민했던 그런 질문과 대답들은 하나밖에 없는 내 사랑하는 고양이의 몸이 소각로에서 타버릴 때 같이 타버린 것 같다. 쓰고 싶은가 아닌가. 살이 다 타고 뼈가 녹아서 된 딱딱한 돌처럼 이제 내겐 그것만 남았고 그것으로 됐다는 생각이 든다. 세상에는 이렇게 절박하고 중요한 일들이 많이 일어나고 있는데 아직 나 개인의 문제들을 해결하지 못하고 있는 자신이 괴롭지만 가장 개인적인 것이 가장 정치적인 것이라는 말을 나는 믿는 편이고 아직은 쓰고 싶다는 욕망이 있다. 그렇게 다시 시작해본다. 쓰고 싶지 않은 많은 날들이 있었지만 오늘은 쓰고 싶은 날이다. 다행히도.

'나'를 찾아
헤매 온 길

1995년 제19회 이상문학상 대상

윤후명

지난 단오 때는 묘만妙曼과 함께 강릉에 갔었다. 부슬비가 줄곧 그었다 이었다 해서 어떨까 싶었지만, 그곳 단오는 역시 단오였다.

　우리가 만난 지 벌써 다섯 해를 맞고 있는데도 해마다 벼르다가 처음 그 축제 마당에 이른 것이었다. 물론 우리는 그동안 몇 번인가 대관령을 넘었고, 그때마다 내가 살던 집의 흔적을 더듬었다. 지난 단오 때도 마찬가지였다. 우리는 비 내리는 냇가 천막에서 '올챙이' 국수와 감자 부침을 먹고 굿방에서 심청굿을 구경하고 시내로 걸어 들어와 내 살던 집 언저리를 맴돌았다.

　이제 그 고향 집 언저리에서 시작되는 내 삶을, 내 문학적 삶을 이야기하는 것이 나로서는 새삼스럽기도 하여, 예전의 글들을 여기저기서 불러올 수밖에 없을 것 같다.

　나라 안팎의 민속학자들이 "이런 축제가 지구상에 있었느냐"고 감탄하는 강릉 단오제는 어릴 적 기억에 의존해서도 굉장한 것이었다.

　길거리에 넘치는 구경꾼들과 장사치들. 그 독특한 눈매에 한스럽다고까지 할 정감을 띤 처녀들과 아낙네들의 그네 타기. 엿장수의 엿목판에서 떼어져 나오는 엿, 줄콩꽃같이 붉은, 선정적인 몸놀림. 그래서 지금도 해마다 단오제가 되면 영동 지방 사람들은 물론 소문을 아는 사람들 몇십만 명이 몰려들어, 택시 안에서 잠을 자야 하는 사태에 이른다. 그 축제가 또한 내 핏속에 있는 것이다.

　강릉 단오제는 간단히 생각하면 단옷날에 제사를 지내는 의식이지만, 그 준비 과정과 규모는 실로 대단하다.

　음력 3월 20일에 제사 지낼 술을 빚고 4월 1일에 그 술과 시주를 올리고 무당들의 굿이 있다. 4월 8일에는 대성황 신당에서 또다시 굿을 올리고 4월 14일에는 성황신을 모시고 대관령을 내려온다. 도중에 송정에서 하룻밤을 자고 이튿날 성황사에 도착하여 성황당과 산신당에 각각 제사를 지낸다. 성황당 근처에서 무당이 굿을 하여 흔들리는 나무를 신이 내렸다고 베어낸다. 그 나무를 들고 강릉으로 내려와 여성황사에 모셨다가 다음 날 대성황사에 모신다. 4월 16일부터 5월 6일까지 관리들과 무당들이 문안을 드리는데, 4월 27일에는 큰굿을 하고 5월 1일부터 본격적인 단오제를 벌인다. 굿과 가면 놀이가 당집 앞에서 벌어진다. 그리하여 단옷날인 5월 5일에는 축제가 절정을 이룬다.

오늘날 아흔아홉 굽이를 넘어 강릉으로 가보지 못한 사람은 거의 없을 것이다. 이곳은 이미 명승지로서 널리 개방되어 있다. 그러므로 그 위치를 군이 설명하는 것도, 그 미관을 군이 설명하는 것도 쓸데없는 일에 속할 것이다.

경포 호수며 오죽헌이며 선교장이며를 들추어서 다 알려진 겉모습을 말할 용의는 우러나지 않는다. 사실상 이곳의 면적이나 인구나 강설량 따위의 자료는 내게도 의미를 부여하지 못한다. 다만 이곳에는 내게 산과 바다와 선녀와 축제가 있다. 이러한 배경에 내 소설 데뷔작 〈산역山役〉이 놓여 있다.

*

나는 1946년 1월 17일, 강원도 강릉에서 태어났다. 그러나 이 고장에 대한 기억은 매우 단편적으로밖에는 남아 있지 않다. 1953년이 되자 대전으로 이사했기 때문이다. 머릿속에 단편적으로 남아 있는 기억 가운데 그래도 선명한 편이거나 몇 장면씩 연결이 되는 것은 한국전쟁의 소용돌이 속에서 재빨리 피난을 못 가고 겪었던 일들과, 이웃집 소꿉친구 소녀와의 일들과, 안에 알게 모르게 맴돌고 있던 불행한 가정사의 분위기 같은 것들이다. 이 부분의 개인 기록은 아직도 모호하기만 한데 그대로 방치해두고 있는 상황이다.

대전으로 간 것은 부친의 전근 때문이었다. 육군의 법무관이었던 부친이 거의 매년 근무지를 옮기는 바람에 전국을 돌아다니며 살게 된 것이었다. 대전 선화국민학교(지금의 초등학교)에 입학했고 이듬해에는 춘천의 어느 피난민 천막 국민학교를 거치고, 그 이듬해에는 대구 수창국민학교를 거쳐 4학년 때 다시 대전 선화국민학교로 되돌아왔다. 이어서 5학년 때는 경기도 양주군 남면국민학교로 옮기고 6학년 때는 부산의 부산진국민학교로 옮겼다. 그리고 부산 서면의 개성중학교에 진학하여 1학년 국어 교실에서 동요 한 편을 쓴 적이 있으나 문학이라는 것과는 무관하게 3학년까지 그저 개구쟁이 소년으로 성장했다.

그러다 오일륙과 함께 부친을 따라 서울로 올라와서 졸업이 가까워 잠깐 영등포중학교에 적을 두고 졸업장을 따서 용산고등학교에 진학했다. 이때 이미 문학에 깊이 빠져 있었다. 인생의 가치를 문학에서 찾아야 한다고 믿고 시와 산문을 부지런히 써서《학원》에 투고했다.

고등학교를 마치고 연세대학교 철학과에 입학하여《연세춘추》에 작품을 발표하기도 하고, 서라벌예술대학으로 가서 많은 문학청년을 만나 교류함으로써 삶과 문학에 늘 새로운 자극을 받으며 비로소 문학청년으로서 뜻을 굳게 세운 나는, 2학년 때 연세춘추 문화상의 문학상 시 부문에 당선작 없는 가작으로 뽑히고 난 뒤, 이해 겨울 1967년《경향신문》신춘문예에 당선함으로써 마침내 한 사람의 시인이 되었다. 당선작은 〈빙하氷河의 새〉였고 심사위원은 박남수, 김용호 선생이었다. 시인이 되었다는 감정에 도취되어 한겨울을 지냈으나 곧 진정한 시인이 되려면 아직도 멀었다는 자각의 벽에 부딪혔다. 신춘문예 당선 시인의 모임인 '신춘 시' 동인에 끼여 꼬박꼬박 작품이랍시고 내놓기는 했다. 그러다 대학을 졸업하고, 그해 시 동인지《70년대》의 창간에 참여함으로써 제 목소리를 갖기 시작했다.

그 뒤 1977년 첫 시집《명궁名弓》을 내기까지 표면적으로는 시인과 직장인으로서 그럭저럭 지냈다.《명궁》은 젊은 날의 꿈과 방황을 나름대로 축약하여 정리해놓은 나름대로는 소중한 시집이다. 결코 짧지 않은 세월 오직 한길로만 걷고 달려 손에 넣은 백 페이지 남짓한 한 권의 시집! 이 시집으로 지난날을 돌이켜보고, 정돈하고, 힘을 얻어 새 사람으로, 새 문학인으로 새 출발하기를 얼마나 간절히 원했던지!

1979년의 《한국일보》신춘문예 소설 당선은 나에게 새로운 길을 열어주었다. 막상 소설가로 다시 태어나 입신하기는 했으나 생활은 한없이 피폐해 있던 무렵이었다. 서울의 변두리인 봉천동과 천왕동 셋집을 전전하며 어떻게 살까에 대해 막막하게 생각하는 날들이 계속되었다. 1980년 마지막 직장인 현암사에 겨우 자리를 마련했지만 그 무렵의 혼란한 사태에 여러 가지 생각이 들어 다니던 직장을 걷어치웠다. 이왕 소설가가 된 이상 보다 투철하게 글 쓰는 일에 매달려야 된다고 결심한 것이다.

*

참으로 고통스러운 나날이었다. 긴 여름의 뙤약볕과 가을의 조락, 그리고 늘 내가 감당해야 했던 무겁디무거운 어두움. 나는 혼자서 어디론가 가고 있었다. 그래서 마침내 내가 도달한 곳은 어디인 것일까. 머리를 숙이고 잠자코, 나는 끝없이 회의하며 가고만 있을 뿐이었다. 그때 내 머리를 스치는 하나의 빛이 있었다. 그 빛이 없었더라면 나는 어떻게 되었을까. 나 자신을 깊은 나락 속으로 던져버리고 싶었던 순간들을 그 하나의 실낱같은 빛이 건져주었다. 이제 내 문학적 재생의 길이 열렸다. 나는 이제야말로 무엇인가 쓰지 않으면 안 된다. 쓰고 싶다는 의욕은 내 게으른 천성을 질타한다. 새로운 길이 열렸으므로 나는 그 길을 질주해보고 싶다……. 열심히 산다는 것, 이것이 금년에 배운 유일한 귀중한 교훈이다.

소설가로 변신한 나는, 그 당선 소감이라는 걸 이렇게 썼다. 그러나 사실 아직 소설가라고 일컫기엔 어림없는 노릇임을 나는 알고 있었다. 어느 선배 문인의 말대로 소설가라는 꼬리표를 달자면 적어도 단편소설을 열 편은 써야 하는 것이었다. 이제부터 소설가가 되느냐 못 되느냐의 기로에 섰다는 생각에 나는 자신감과 불안감을 갖고 그 눈 내리는 서울 변두리 동네를 헤매고 또 헤맸다.

그 무렵처럼 내 삶이 철저하게 고립되고 망가져 있었던 때는 없었다. 기필코 다시 시작해야 한다. 지금도 나는 그 무렵의 외로움을 글로써 나타내고 싶다는 욕구에 시달릴 때가 있는데, 아무리 열심히 써놓고 봐도 그 절박함을 나타내지 못했다는 아쉬움만 남기 때문인 것이다.

사실 나는 문학 공부를 이론을 통해서 해본 적이 없다. 삶 자체가 문학 공부일 텐데 수학 공식 같은 이론이 무슨 소용이 있을까, 라는 생각에서였다. 그러므로 오로지 작품을 읽고 쓰는 행위만이 공부였다. 그래서일까, 그 눈 많이 오던 해의 서울 변두리 동네에서 갑자기 신춘문예에 당선한 나는 또 한 번 혼돈 속에 빠지지 않으면 안 되었다. 이제 무엇을 어떻게 쓴단 말인가? 그것은 내가 일찍이 소설가가 될 꿈을 갖지 않았다는 것과도 밀접한 관계가 있는 혼돈이었다. 오랫동안 오로지 읽고 쓰는 행위에 몰입해온 것은 거의 매목埋木의 일에 지나지 않았다. 나는 소설가를 경원해왔으며 때로는 그 '이야기꾼'으로서의 역할을 매도하기까지 해왔었다. 그런데 삶의 길은 기구해서, 내가 뒤늦게 소설가가 되지 않을 수 없게 몰아세운 것이었다.

본래 어려서부터의 절실한 뜻은 시인으로서 한평생을 살다 가려는 것이었다. 세상의 모든 가치는 한 편의 훌륭한 시만도 못하다고 나는 믿었다. 아버지의 직장 때문에 전국을 돌면서 어린 시절을 보내고, 중학교 3학년 때 서울에 정착한 어느 가을날, 나는 우연하고도 운명적으로 시를 쓰고 있는 나를 발견했다. 시가 아니라 행만 바꾼 치졸한 산문이었다. 그 가을의 고독과 침잠은 내 삶의 중요한 모티프였음을 나는 지금도 확실히 기억한다. 시인이 되지 못하면 나는 살지 않을 것이다! 고등학교에 진학해서도 내 뜻은 한층 가열되기만 했다. 그리하여 여러 대학에서 실시하는 작품 모집이나 백일장에서 상장을 받기도 하고 또 2학년과 3학년에 걸쳐 《학원》잡지의 학원문학상을 받기도 하면서 시인에의 꿈을 키웠다. 모든 시인의 작품들이 모방의 대상이 되었고 극복의 대상이 되었다. 세상은 시의 렌즈, 시의 프리즘을 통해서만 보여졌고 이해되었다. 정말 시로 병든 시절이었다.

대학 2학년 때, 나는 한 해를 꼬박 바쳐 한 편의 시를 썼다. 제법 긴 그 시는 고심참담 끝에 쓰이고 만져지고 다듬어져서 겨우 완성이 되었다. '코끼리가 꾸덕꾸덕 마른 땅을 디디고 간다'든가 하는 이상한 구절만이 지금 떠오를 뿐이지만, 위대한(!) 시가 탄생한 것이었다. 물론 신춘문예를 겨냥하고 있었다. 한 해를 꼬박 바쳐 쓴 '위대한' 한 편의 시기는 해도 그것만 응모하기엔 왠지 허전함이 있었다. 그리하여 하루 만인가 이틀 만인가 또 한 편을 급조하여 각각 다른 신문에 응모하기에 이르렀다. 그해 역시 눈이 엄청나게 많이 왔다. 그 눈 속을 기다림에 지쳐 돌아다니던 어느 날, 드디어 당선을 알리는 전보를 받았다. 그때의 기쁨이야 이루 말로 다할 수 없었다. '아, 이제야 시인이 되었구나, 삶의 뜻을 찾게 되었구나.' 그러나 그 당선작은 내가 한 해 동안 꼬박 심혈을 기울여 쓴 시가 아니라 하루 이틀에 쓴 시였다. 어쨌든 상관없는 일이었다. 이것이 1967년, 정확하게 계산하면 내 나이 만 20세 때였다.

그토록 되고 싶었던 '시인'이 되었으나 나는 별 신통한 시를 못 쓰고 학창 시절을 보냈다. 아직도 내 목소리를 갖지 못한 채로 무작정 쓸 수만은 없었다. 시가 당선된 이듬해에 다시 신춘문예 공모가 났을 때, 부랴부랴 '소설' 한 편을 써서 응모한 것이 이른바 최종에 오른 적도 있었으나, 그것은 어디까지나 '한번 해본 짓'일 뿐이었다. 나는 여전히 소설가가 되고 싶은 뜻은 없었다. 시만이 내 정신을 이끌어주고 구제해줄 수 있는 것이었다. 그러던 1969년, 평소 어울리던 젊은 시인들 몇과 '70년대' 동인을 결성하고부터 나는 한 사람의 시인으로 비로소 내 목소리로 노래하려고 시도했다. 제 목소리가 뚜렷하지 않은 시인이 어떻게 시인일 수 있을 것인가. 나는 열심히 썼다. 그 결과가 1977년에 나온 한 권의 시집《명궁》속에 고스란히 응축되어 있다.

그런데 시집을 내고 나자 나는 내 속에 도저히 풀어내놓지 못한 분학석 갈구가 도사리고 있음을 두려운 마음으로 감지

하지 않으면 안 되었다. 고혈을 짜다시피 이룩해 놓은 《명궁》의 세계는 그러나 내게는 새로운 세계에의 눈뜸에 지나지 않았다. 불과 한 권의 시집을 내놓고 좌절하고 있는 내가 가련했다. 하지만 나는 새 길을 찾아 나서야만 했다. 그 무렵의 정신적 방황은 실로 참담한 것이었다. 황음荒淫과 사주邪酒에 나를 내던져버리고 나는 지옥 길을 가는 듯이 방황했다.

　모든 것을 버리고 다시 태어나자.

　나는 마침내 결심하기에 이르렀다. 다시 태어남에의 길이 얼마나 어려운지는 알고 있었다. 어쩌면 불가능한지도 알 수 없었다. 그러나 그럴지라도 어떻게든 도모하지 않으면 안 되었다. 새롭게 다시 태어나야 한다. 그러기 위해서는 먼저 지금의 나를 버려야 한다. 과연 새는 알을 깨고 나와야만 한 마리 새로서 비상할 수 있는 것이었다. 그리하여 1978년은 내가 과거의 나를 모두 버리는 해가 되었다. 한 권의 시집으로 나타내졌던 세계는 그렇게 버려졌다. 이 '버려짐'의 행동은 내가 어쭙잖게도 입산을 기도하는 것으로 구체화되었다.

　그러나 나는 산에서의 삶에 적응하지 못했다. 결국 얼마 되지도 않아 산에서 내려온 내게는 그야말로 빈사의 삶만이 남아 있었다. 나는 이제 철저하게 빈털터리요 외톨이였다. 긴 여름의 잔인한 뙤약볕이 내게 있었다. 무엇을 어떻게 할 것인

가. 새롭게, 다시 태어난다는 뜻은 도대체 어디에 있단 말인가. 모두가 부질없는 객기에 지나지 않았다. 그렇다면 죽음만이 나를 기다리고 있는 것일까. 그런 것 같았다.

죽음을 생각할 지경이 되어서도 나는 소설이라는 게 있다는 깨달음에 쉽사리 도달할 수가 없었다. 하루 또 하루 막막한 날들이 죽음으로 향한 행진인 듯 어둡게 어둡게 흘렀다. 그렇다. 그것이 비록 내 삶에 어떤 구원을 줄지는 몰라도 소설을 써보기로 하자. 그런 다음에 죽어도 늦지 않을 것이다. 신춘문예까지는 앞으로 넉 달이 남아 있었다. 한 달에 한 편씩 모두 세 편의 단편소설을 쓴다는 계획을 세웠다. 그러나 꽤 오랜 세월 시의 문법에 익숙했던 내게 그것은 결코 쉬운 일이 아니었다.

예상했던 마지막 날까지 소식은 오지 않았다. 이제 죽으려면 우선 독한 술을…… 하면서 낡은 바바리코트의 호주머니에 손을 찔렀을 때, 뒤늦게 "축하합니다" 하는 소리를 들었다. 얼마쯤은 더 살아도 되는 것인가 하고 나는 생각했다.

어릴 적에 글을 끄적거리기 시작한 것은 소박하게 외로움과 그리움 때문이라고 나는 고백한다. 그것을 호소하거나 해소할 대상이 절실한 만큼 원고지에 매달렸다. 글쓰기로 언젠가는 그것을 극복할 수 있으리라 믿었다. 그러나 아니었다.

이 세상에 태어난 자 누군들 외로움과 그리움에 몸부림치지 않으랴만, 그것은 그것과 싸우면 싸울수록 더 커지는, 신화 속의 괴물과 같은 것임을 일찍이 아무도 가르쳐주지 않았었다. 그것을 싸워서 이겨내는 길은 없다. 지혜롭게 비켜가야 한다. 하지만 나는 그러지를 못했다. 이것이 운명이라고 하는 것임을 나는 이제 알겠다. 그러므로 나는 여전히 외로움과 그리움을, 너무나 커져버려서 내 힘으로는 도저히 어쩔 수 없는 두 괴물을 붙안고 오늘도 먼 길을 가고 있다.

하지만 애초에 그것을 지혜롭게 비켜가는 방법을 알았다 하더라도, 그렇다 하더라도 나는 결코 비켜가는 방법을 택하지 않았으리라는 것을 잘 안다. 나는 내 삶에 대해서 언제나 정면으로 도전하지 않으면 안 된다는 우직한 인생관을 가지고 있다. 그리하여 그것은 '운명'이다.

그리하여 내 프로메테우스는 영원히 다시 돋는 외로움의 간肝을 독수리로 하여금 쪼아 먹게 해야 하고, 내 시시포스는 영원히 다시 굴러 떨어지는 그리움의 바위를 산 위로 올려놓고 올려놓아야 한다.

*

여러 기복의 날들을 거치고 다시 피폐한 '자멸파'의 나날을 보내던 어느 날, 나는 묘만을 만났다. 나는 다시 태어남의 길이 열리고 있는 것을 보았고, 새로운 출발을 스스로에게 알렸다. 이제 오로지 쓰는 것밖에 남지 않았다고 나는 절규하면서 내 새 삶을 끌어안았다.

결코 어떠한 한눈팔기도 하지 않고, 결코 어떠한 남의 흉내도 내지 않고, 결코 어떠한 자학도 하지 않고, 결코 어떠한 눈치도 보지 않고, 결코…… 하늘을 우러러 한 점 부끄럼 없기를…… 나는 내 글에 빌기로 했다. 그리고 쓰고, 쓰고, 쓰고, 또 쓰리라 다짐했다.

언젠가 나는 내 글 〈협궤 열차〉에서 물었었다.

'내 삶이여, 질풍노도와 자멸의 시절을 지났는가?'

그리하여 나는 대답한다.

내 삶이여, 저 질풍노도와 자멸의 시절이 과연 너를 여기에 이르게 하였구나!

내 쓰고, 쓰고, 쓰고, 또 쓰고…… 하여, 이승의 마지막에 이를지니!

쓴다는 것의
현재성이
나를 구한다

2007년 제31회 이상문학상 대상

전경린

적요결핍증을 앓던 유년의 방

열두 살 무렵에 나는 이미 생활과 사람에 지친 아이였다. 아홉 식구에 방 두 칸, 골초 할머니에 한두 살 터울의 여동생 넷이 뒤엉켜 지내니 집은 웃음과 울음과 다툼의 아우성이 끊이지 않는 합숙소였다. 나는 비어 있는 장소의 적요를 찾아 물건들이 잔뜩 쟁여진 다락방 구석과 굴뚝 곁, 집 뒤 풀밭…… 심지어는 연탄이 쌓인 대문 곁의 차가운 창고와 부엌에 달린 캄캄한 지하 저장고까지 탐이나 우두커니 내려다보곤 했다. 그즈음에 숨어들기 좋은 방 하나를 발견했다.

큰집의 부엌에 딸린 상자처럼 작은 방이었다. 후원으로 난 쪽문에는 껌 종이를 꼬아서 이어 만든 발이 헛것 같은 무게로 미동도 없이 드리워 있고 그 위엔 밀레의 〈만종〉이 액자 속에 걸려 있었다. 햇빛은 늘 후원 쪽문에서 몇 걸음 떨어져 있어 어둑했고 오랜 세월에 걸쳐 스며든 온갖 음식 냄새가 은은하게 밴 방이었다.

그 방 선반 위엔 와이셔츠 상자들이 차곡차곡 쌓여 있었고 선반 아래 책장엔《학원》같은 잡지와 몇 권의 소설책과 함께 《문학사상》이 1호부터 20호 가까이 차례대로 꽂혀 있었다. 와이셔츠 상자들을 열면 색과 무늬와 질감과 두께가 다 다른 천 조각들이 차곡차곡 들어 있었다. 옷이나 이불 같은 것을 만들고 남은 천 조각들을 큰집 언니가 오랜 세월에 걸쳐 친척집과 이웃집까지 돌며 수집한 것이었다. 배내옷에서부터 남녀노소의 속옷과 평상복과 잠옷과 나들이옷, 명절 옷과 혼례 옷과 장례 옷, 운동회 때 입는 매스게임 옷과 무용복까지…….

천 조각들은 한 장 한 장마다 삶의 여러 가지 감정들과 사연들과 소문과 꿈들과 온갖 상상을 암호로 압축해놓은 추상처럼 무한히 나를 매료시켰다. 늘 한 번에 다섯 상자를 다 볼 수는 없었다. 세 상자쯤에서 방 안엔 어느새 밤이 들어와 눈앞을 가렸다. 불을 켜면 나를 찾고 있던 누군가가 방 안에 들이닥칠 터였다.

밤이 좀 깊어진 뒤에 나가면 우리 집 식구들은 돌아가고 없었다. 그런 날이면 큰집의 커다란 방에서 큰언니와 단둘이 풀 먹인 냄새가 살짝 나는 가슬가슬한 요 위에 침을 묻히며 씹고 싶도록 깨끗한 이불을 덮고 잠을 잤다. 그런 다음 날 눈을 뜨면 큰언니는 자기 이불을 개어 넣고 나간 뒤였다. 나는 눈을 뜬 그대로 햇살이 비쳐드는 문살의 무늬와 손잡이 곁을 장식한 마른 꽃잎의 그림자를 오래 바라보았다. 대문 곁 닭장의 닭들이 날개를 치는 소리, 우물가에서 물을 퍼서 붓는 소리, 흙 마당을 지나는 발소리, 짧은 새 울음소리, 적막을 스치는 질감이 느껴졌다.

시간이 흘러가면서 차차 내가 만진 천 조각들의 이름을 알아갔다. 뉴똥, 벨벳, 다후다, 비단과 공단, 양단, 나일론, 지지미, 순모와 마직과 삼베, 폴리에스테르, 면과 레이온 같은 합성섬유들……. 그리고 내 본성이 움직여가는 지향이 어딘지도 모른 채 방 안에 있는 책들을 띄엄띄엄 읽었다.

그 방은 적요결핍증을 앓던 내 최초의 방이며 문장으로서가 아니라, 추상적인 아우라로서 내게 문학의 세례를 내린 자궁이었다. 그래서인지 내가 쓰는 언어는 문장에 복무한다기보다는 표현주의 화풍처럼, 언어 자체를 표현하면서 추상을 지나 한 장의 그림 같은 전체성 속에서의 미를 드러내는 특성이 있다. 낯설고 이질적이며 정념적이고 시각적이며 문법적으로 불안정한 것은 그 이유일 것이다. 내 문학은 교실에서 산문 훈련을 통해서 시작되지 않았고 그렇게 훈련된 적도 없다.

장미와 함박꽃, 억누를 수 없는 생의 기쁨

단발머리 중학생이 되어서는 병을 앓았다. 그 병은 나를 세상에서 오려내듯 혼자이게 했다. 한낮에 아이들이 수업을 받고 있던 교정에서 홀로 나오면 등 뒤로 오싹하도록 낯선 적막이 흘렀다. 산길을 넘어가 보건소의 탱자나무 울타리를 따라 좁은 길을 걸었다. 굵은 가시 사이로 탱자 꽃이 하얗게 피어 벌들이 윙윙대는 늦봄부터 파랗던 탱자가 노랗게 익었다가 서리를 맞고 샛노래지던 겨울까지……. 나는 보건소에 들러 매일 주사를 맞고 자주 엑스레이를 찍었다. 저녁과 달리 한낮에 집에 가면 방들이 텅 비어 있어 몸을 누이면 꼭 다른 장소에서 잠드는 것 같았다.

그리고 식구들이 모두 잠든 밤에는 장을 밀고 주먹처럼 올라오는 기침을 토해내느라 나는 또 홀로 깨어 있었다. 삽으로 가슴을 파내는 듯한 통증을 견딜 때 그 긴 밤의 정적과 잠든 가족들의 완강함을 통해 나는 세상으로부터 점점 더 혼자가 되었던 것 같다. 그 후로 부모와 형제뿐 아니라 학교에서 사귀는 친구들, 오며가며 인사하는 이웃 사람들 등 모든 성격의 관계에서 메울 길 없는 공백의 거리가 생겨났다.

사춘기에 들어 내가 마음을 준 곳은 커다란 장미꽃이 피어나던 집 안이 작고 둥근 정원이었다. 그저 소박하고 평범한 정원이었지만 봄이면 목련과 모란이 피어나고 초여름엔 장미와 함박꽃과 과꽃과 채송화가 피었으며 가을이면 국화가 피어났다. 그리고 겨울이면 푸른 사철나무가 눈 속에서 붉은 열매를 드러냈고 그 속으로 고양이가 지나다녔다. 3월이면 나는 기다리다 못해 마음을 조이며 함박꽃 자리를 파보곤 했다. 붉은 순이 뾰족뾰족 올라오는 게 보이면 안심하며 다시 흙을 덮었는데, 초봄 내내 그런 짓을 몇 번이나 반복했다. 장미 나무가 잠이 깨는 기미가 있는지 가지마다 유심히 살폈으며 첫 눈이 트고 새 잎이 나오면 아예 자리를 잡고 곁에 앉아 지켜보곤 했다.

장미꽃이 피어 있던 여름날 아침의 행복감은 지금도 생생하다. 이른 아침마다 정원 곁을 지나가는 빨랫줄과 나뭇가지들 사이에 놀랄 만큼 커다랗고 정교하고 겹이 많은 거미줄이 걸렸고 거미줄 위에는 이슬방울들이 촘촘히 맺혀 첫 햇살에 상상 속의 보석처럼 반짝거렸다. 공기 위엔 장미향이 베일처럼 내려앉아 숨 쉴 때마다 달콤한 언어처럼 내 몸 안으로 들어왔다. 고양이는 장미꽃을 향해 고개를 쳐들고 장미 나무를 긁어 꽃잎의 이슬들을 후둑후둑 떨어뜨리고 거미줄을 향해 뛰어올라 이슬방울들을 흔들었다. 그 작은 정원은 인생의 기쁨은 그렇게 오는 것임을 알려주었다.

그러나 지금 생각하니 아침의 정원 산책이 이처럼 가슴에 사무쳐 있는 것은 둥근 정원 저편에 늘 아버지가 서 계셨기 때문이었다. 평소에 무섭기만 하던 아버지는 한마디 말도 표정도 없이 나와 똑같은 생의 기쁨에 공감하며 도취되어 있었다.

생이 허용한 유일의 사치, 글쓰기

대학 시절엔 연극부에서 활동했고 일종의 대학 생활 정도의 열정으로 소설을 써서 교내 문학상을 받았다. 소설을 두 편 썼고 산문도 학교 신문에서 주관한 상을 받았다. 일기를 늘 썼고 극단에서 연극의 주연을 맡아 공연을 해보기도 했다. 졸업 후에는 지방 방송국에 취직을 해 날마다 라디오 방송 원고를 썼다. 작가가 되려고 했던가? 언제부터 그런 꿈을 꾸었던가? 원고들이 공중파로 날아가버리는 일을 하면서 내 글을 묶어 남기고 싶은 그런 소원을 은밀하게 가졌을 것이다. 무언가 생업을 가져야 한다면 나는 소설을 써서 살고 싶었다. 그것은 참으로 사치스러운 꿈이어서 감히 드러낼 수도 없고 영원히 가능하지도 않을 꿈 같았다.

글을 써서 먹고산다는 것이 사치스럽다는 생각은 지금도 변함이 없다. 등단한 지 10년 가까이 되었을 때부터 글쓰기가 맨손으로 굳을 피고 나가는 듯 힘겨웠다. 그 노동이 쉬 돈

으로 바뀌지도 않고 스스로 고갈을 느낄 뿐 아니라 평단에서
는 비판적 비평이 나올 때, 홀로 글에 파묻혀 사는 사이 일상
적인 생활과는 점점 더 유리되는 고립감이 들고 가족들에게
면목이 없어 존재감이 불안정해질 때, 글쓰기를 그만두고 싶
은 심정이 찾아오곤 했다. 하지만 온갖 일을 떠올려보고 상상
해보고 곰곰이 생각해보다가는 결국 글쓰기로 돌아오게 되
었다. 다른 어떤 일로도 살 길을 마련하고 싶지 않아서였다.
오직 글쓰기로만 삶의 방편을 삼을 수 있을 뿐이었다. 그것은
사치스러운 지향이지만 동시에 생이 내게 허용한 유일한 방
편이기도 했다.

이 글을 쓰면서, 나는 어떤 것은 쓰고 어떤 것은 피해간다.
내 삶에 대해서는 한 자락도 이 글에서 들키고 싶지 않은
것 같다. 이런 자신이 충분히 이해가 된다. 어떤 힘이 나를 이
먼 곳까지 데리고 왔을까, 하는 생각에 잠길 뿐이다. 여기는
내 상상뿐 아니라 나의 가족과 친구들 모두의 상상을 넘어선
곳이고 보통의 사람들이 세 번쯤 죽고 다시 태어나며 운명을
전복해야 이르렀을 곳이며 내가 삶의 깨어진 조각들에 가슴
이 찔리며 피 냄새를 맡으며 걸어온 곳이다. 이곳…… 다행히
이곳에서 미처 예기치 못한 큰 화해가 일어나고 있다. 마치

오랜 유배에서 풀려나는 심정이다.

흔히 내 언어를 정념적이라고 한다. 정념은 파토스적인 인간이 세계의 관습에 반응하고 대립하여 갖는 마음 상태의 표현이다. 나는 오랫동안 이 세계와 거리를 둔 채 반항적으로 존재해왔다. 그것이 나를 이토록 먼 여정을 경험하게 만들었을 것이다. 세계와의 화해가 일어나는 이 지점은 내 다섯 번째쯤의 출생이기도 하다.

문학에 전혀 새로운 테마가 있을 리 없고 순수니 통속이니 하며 굳이 금기하고 배재해야 할 영역도 없다고 생각한다. 다만 작가가 삶을 다루는 새로운 층위가 있고 새로운 문학 형식의 고안이 있을 뿐이다. 나의 소설은 늘 삶 자체에서 생산되었고 앞으로도 그럴 테지만 또한 많이 다른 지점이 될 것이란 예감이 든다. 여성적 생명과 존재라는 생의 원형질적인 관심에서 올라서서 삶의 표면과 일상을 무대로 새로운 형식의 고안을 모색해갈 것이다. 그것은 나의 소망이기도 하다. 글쓰기의 고통은 그 현재성 속에서 늘 충분하다. 앞으로 글을 쓸 때, 이 글을 썼던 이 시간의 행복을 내 생의 정수로서 늘 간직하고 싶다.

영원을 꿈꾸는
나의 노래여

2006년 제30회 이상문학상 대상

정미경

제비꽃 쪽빛 바다의 기억

바닷물이 밀려나간 개펄에 한 여자아이가 엎드려 있다. 가끔 무언가를 집어 손에 든 봉지를 열고 조심스럽게 담는다. 귓불이 살짝 드러나는 짧은 단발머리 아래 목덜미에 까만 점이 하나. 가는 종아리에는 뻘이 묻어 있다. 아이가 찾고 있는 것은 게다. 봉지는 좀체 채워지지 않는다. 아이는 저도 모르게 조금씩 바다 쪽으로 나아간다. 수그린 단발머리 저 멀리서 밀물이 밀려온다. 마음을 게에 빼앗긴 아이는 파도가 제 가까이 온 것을 알지 못한다. 벗은 발에 첫 파도가 밀려와 뻘을 씻어간다. 그제야 아이는 고개를 들어본다. 아득한 해안을 향해 돌아서는 순간 파도는 더 빨리 기슭을 향해 밀려간다. 게가 든 봉지를 꽉 쥔 채 아이는 필사적으로 달리기 시작한다. 파도는 한순간 종아리에서 무릎을 넘고 치마를 부풀리며 속옷을 적시고 허리를 감는다. 파도가 뒤로 쓸릴 때마다 제 몸보다 커다란 손이 온몸을 확 잡아채는 듯하다. 비명도 지르지 못한 채 파도와 싸우며 가까스로 기슭으로 나온 아이는 가없이 밀려와 있는 바닷물을 돌아다본다. 그때까지도 봉지는 아이의 손에 들려 있다. 물가에 벗어놓고 들어갔던 신발은 자취가 없다.

바닷가에서 그리 멀지 않은 집 대문을 들어서면서 아이는 약간 울기 시작한다. 잃어버린 신발 때문에 혼이 날까 미리 터뜨린 영악한 울음이었는데, 슬픔은 슬픔을 불러오는 법이라, 울음소리는 점점 커진다. 아이는 이제 엄마 앞에 서서 이상하고도 아득한 슬픔에 사로잡혀 목 놓아 운다. 봉지는 여전히 손에 들려 있다. 울면서도 아이는, 파도에 휩쓸려 죽을 뻔했다는 말을 끝내 하지 않는다. 말한다 해도 아무도 그 순간의 공포와 절박함과 혼자라는 존재의 외로움을 알 수 없으리라. 파도와 싸우면서도 끝내 움켜쥐고 있었던 봉지 안의 게는 손아귀 힘에 으스러져 대부분 죽거나 다리가 떨어져 나갔다. 봉지를 열어본 엄마는, 쓸데없는 거 주우러 다니기는, 한마디를 하고는 마당가 포도나무 아래 묻어버린다.

훗날 평론가 K선생님이 회고록에서 제비꽃 쪽빛이라고 불렀던 그 바닷가였다. 선생님은 그 바다에서 제비꽃 쪽빛, 근원적 아름다움을 보았고 나는 욕망의 어리석음과 헛됨을, 우주 안의 외로운 단자인 나를 보았다. 둘로 나누자면, 바닷가에서 유년을 보낸 사람과 그렇지 않은 사람의 내면의 색깔은 다를 수밖에 없다고 생각한다. 바다는 이후 여고를 졸업하고 서울로 유학을 오기 전까지 내 시야를 떠나지 않는다. 이층집 내 방 창엔 짭조름한 갯내 풍기는 해안이 액자처럼 떠 있었고 경사진 언덕 위에 자리 잡은 M시의 모든 학교에서도 바다는 지천이었다. 바다는 날마다 다른 빛깔로 출렁이며 이래도 날 보지 않을래, 오만하게 유혹했으니.

말수가 적은 아이는 놀이터였던 바닷가에 나가는 대신 다다미방 한구석에 놓여 있던 책꽂이에서 책을 꺼내 읽기 시작한다. 겉장이 떨어져 나갈 만큼 몇 번이나 읽은 한국위인전집과 세계위인전집으로 시작된 글 읽기는 부모님이 걱정할 만큼 유년의 놀이나 친구들과 멀어지게 했다. 요즈음도 매일 글을 쓰지는 못해도 몇 페이지라도 읽지 않으면 잠들지 못하는 서음書淫의 습관은 그때부터 생겨난 것이다.

사춘기도 되지 못한 영혼에 정음사판 오십 권짜리 세계문학전집은 너무 무거웠다. 다만 소설가가 되기 위해선 오스카 와일드나 버지니아 울프처럼 근사한 이름을 가져야만 한다는 잘못된 선입관을 갖게 했을 뿐.

　그리하여 내 최초의 도둑질은 만화책을 갖기 위해 저질러
졌다. 용돈이라는 개념이 없던 시절, 세 살 위인 언니의 꼬임
에 빠져, 엄마의 지갑에서 동전을 꺼낸 것도 순전히 책에 대
한 욕망 때문이었다. 까만 눈동자를 깜박이는 무구한 날 앉혀
놓고 언니는 엄마 지갑 속에 든 동전으로 소유할 수 있는 무
궁무진한 것들을 나열하며 유혹했다. 언니도 두 손이 있으면
서 날 가담하게 한 건 왜였을까. 먹음직하고 보암직한 열매
를 같이 먹기를 아담에게 권한 이브의 심정이 맛있는 걸 먹이
려는 진한 애정 때문만은 아니었을 것이다. 죄는 누군가와 나
누고 싶은 것이 인간의 본성이 아닐까. 아이디어를 냈다는 걸
내세워 언니는 지갑에서 동전을 꺼내는 단순노동은 내게 시
켰다. 쉬운 일이었다. 그 돈으로 언니는 손톱만 스쳐도 칠이
벗겨지는 분홍빛 진주목걸이를 샀다. 목걸이를 한 언니는 순
정만화 주인공처럼 보였다. 진주목걸이와 영혼의 양식 사이
에서 갈등하던 나는 결국 만화를 집어 들었다. 남은 돈으로
사탕을 사서 빨고 들어오는 골목길에서 죄책감을 느끼기엔
손에 든 만화가 주는 포만감이 너무 컸다.
　아담과 이브가 부화과 이파리로 비키니를 만들어 입지 않

았다면 선악과를 따먹은 것을 들키지 않았을까, 가 가끔 궁금하다. 성경을 읽었다면 엄마 앞에서는 분홍빛 진주목걸이를 감추어야 한다는 걸 알았을 텐데. 언니의 목에 걸린 목걸이 때문에 우리의 죄는 백일하에 드러났다. 종아리에 사정없이 내려쳐지는 회초리를 맞으면서도 그리 후회하지는 않았던 것 같다. 그 만화책의 제목은 이제 기억나지 않는다.

왕관과도 바꾸지 않을 그 시절

열아홉의 겨울, 바다가 보이는 집을 떠나 객지 생활을 시작하게 되었다. 학교 앞 한옥에서 시작한 서울에서의 삶은 추위로 기억된다. 그때까지 하늘에서 눈이 내리는 걸 몇 번 본 적이 없는, 따뜻한 남쪽 나라에서 온 내게는 모든 것이 차갑기만 했다. 여학생만 받는 곳이라는 오직 하나의 이유만으로 부모님이 정해주고 내려간 하숙집 주인은 수전노였다. 밖에서 들어와 아랫목에 손을 넣으면 방바닥은 금방 죽은 놈 콧김만큼의 온기도 없었고 밤늦게 불을 켜놓는 것도, 가전제품을 사용하는 것도 금지사항이었다. 어느 날 보니 주인아저씨가 수돗가에서 닭을 손질하고 있었다. 하숙생은 모두 열한 명이었는데 닭은 딱 한 마리였다. 하필이면 저녁밥상 내 멀건 국그릇에 담긴 단 한 토막의 고기는 내가 먹지 않는 목이었다. 눈물이 닭국 속으로 뚝뚝 떨어져 내렸다. 닭 모가지가 나보고 뭐라 하지도 않았는데, 달래줄 사람도 없는데, 억억 울었다. 이상한 건, 울고 있으면 또 다른 내가 울고 있는 날 가만히 내려다보고 있는 것 같은 느낌이 드는 것이다. 원고지에 글을 쓰기 시작한 게 그 무렵이다. 그 집에서의 기억은 오래도록 떠나지 않아, 〈달은 스스로 빛나지 않는다〉라는 단편을 쓸 때 나는 그 집을 구체적인 모델로 삼아 글을 썼다. 늘 연탄가스 냄새가 고여 있던 골목길, 자매애를 나누었던 언니들, 골목을 오가며 부딪치던 지겹고도 사랑스러웠던 이웃들, 끊이지 않던 언니들의 연애와 실연의 산 역사. 그것들을 다 풀어내자면 언젠가 연작소설 한 권은 써야지 싶다.

박 대통령의 유고를 전후한 대학 생활은 파란만장했다고 밖에는 얘기할 수가 없겠다. 강의실에서 수업을 들은 기억은 별로 없다. 지금도 서울역이나 종로를 지날 때면 차가 다니는 저 도로 위로 걸어 다녔던 날들의 더위와 최루탄과 땀 냄새가 떠오른다. 연애는 부끄러운 것이었으며 내가 가장 아름다웠을 그 시절, 스커트는 '비어 있음'의 상징이었다. 역사의 무게에 눌린 그 시절의 내 청춘은 불우한 것이었을까. ……꼭 그렇지만은 않았다.

죽음의 수용소 생활을 마치고 가공할 야만의 고문과 그 지옥의 풍경을 글을 통해 고발한 임레 케르테스도 말하지 않았던가. 사람들이 내게 묻는다면, 다음엔 강제수용소의 행복에 대해 말할 것이라고. 수용소의 굴뚝 아래서도 잠시 행복을 느끼는 순간이 있었다고. 회색 수용소 건물 아래 따뜻한 수프를 떠먹던 숟가락이 있었고, 벽에 누군가가 새겨놓은 한 구절의 시가 있었다고. 어쨌거나, 단 한 번 눈길에 터져버린 내 영혼, 이라는 노래와 운동가를 같이 부른 시절이었다. 최루탄 연기 속에서도 배꽃은 피어나는데 그럼 그 시퍼런 청춘을 어쩌란 말인가. 수업이 없는 날들이 이어지고, 나는 그 와중에도 도서관에 앉아 밤늦도록 책을 읽거나 글을 써내려갔다.

처음 쓴 단편으로 학보사 주관의 문학상을 받았고 다음 해엔 중편으로 상을 받았다. 고대문학상을 수상하게 되어 상을 받으러 멀리 안암동까지 간 기억도 난다. 당시는 마당극의 전성시대였다. 탈춤이나 최인훈 원작의 마당극은 축제의 꽃이었고, 이글거리는 모닥불 가에 서서 공연을 보고 있으면 그들이 던진 외침이 불덩이가 되어 가슴속으로 들어왔다. 나도 몇 편의 희곡을 써보았다. 정신대를 소재로 한 장막희곡으로 이화백주년문학상을 받았고 신춘문예도 희곡으로 등단하게 된다. 학창 시절 내 일상에 대한 구체적 기록은 오히려 그 당시 쓴 글들보다는 지난해 발표한 《이상한 슬픔의 원더랜드》에 더 세밀하게 기록되어 있다. 나는 병적일 정도로 기억력이 희박한데 이상하게도 글을 쓰다 보면 서른 즈음의 어느 날이, 스무 살 청춘의 시기가, 엄마가 보고 싶어 울던 유년의 오후까지도 손끝에서 또렷하게 되살아나곤 한다. 때론 내 머리가 아니라 손가락이 글을 쓴다고 여겨지는 순간이 있을 만큼.

당시 학내 문학상을 심사하셨던 L교수님께서 한번 보자고 하셨다. 서툴고 치기 어린 그 글들에 대해 격려를 해주시면서 그런 말씀을 하셨다. "너는 언젠가 아무개와 아무개보다 더 좋은 글을 쓸 수 있을 것이다." 그 두 분은 당시 최고의 소설가였고 지금도 여전히 더욱 원숙한 필력을 보여주고 계신 분들이다. 오래 글을 쓰지 못하다 2001년 다시 본격적으로 발표를 시작하기 전까지는 나는 그 교수님의 말씀이 참말인 줄 알았다. 글을 하나씩 발표하면서야 나는 깨달았다. 그건 그분이 내게 하신 아름다운 거짓말이었으며, 끝내 글에 대한 꿈을 죽이지 못하게 한 '마지막 잎새' 같은 말씀이었다는 것을.

모래의 나날들

2001년에 다시 글을 발표하기까지의 긴 공백에 대해서는 첫 장편의 후기에 밝힌 바가 있다. 뭐라고 말할 수 있을까. 문학은 이미 나의 전부가 될 수 없는데, 나는 거대한 일상의 손아귀에 사로잡혀 있는데, 문학은 철없는 연인처럼 나의 전부를 요구하는 것이었다고나 할까. 사랑하기 때문에 헤어지노라는, 절반의 진심이 담긴 멘트를 날려보지도 못하고, 나는 일상 속으로 빠져 들어갔다. 그 공백이 그렇게 길어질 줄은 나도 몰랐다.

아베 고보의《모래의 여인》을 읽으며, 나는 그 글이 징그러워 몸서리를 쳤다. 익숙한 일상 바로 곁에 있던 모래 구덩이에 우연히 빠지게 된 한 남자. 왜 자신이 거기 있어야 하는지 알지 못하는 채로 갇힌 짐승처럼 사육되는 남자. 모래는 옷에 살갗에 음식에 들러붙다 못해, 온몸의 구멍 속으로까지 밀려 들어간다. 모래를 견디는 남자와 여자, 모래를 먹는 남자와 여자, 모래를 사이에 두고 증오하고 사랑하는 남자와 여자. 읽는 내내 나 역시 모래를 호흡하고 모래를 삼켜야 했다. 무수하게 탈출을 꿈꾸던 남자의 시도가 어느 날 성공하는 순간, 남자는 다시 모래 구덩이 집으로 제 스스로 되돌아온다.

현실의 삶에서 나는 때때로 나를 모래의 여인이라 불렀다. 그건 상징도 뭣도 아니다. 두 사내아이를 키우는 내내 나는 모래와 살았다. 모래를 밟으며 모래가 묻은 과일을 삼켰다. 식탁 위에도 식탁 아래도 모래는 늘 존재했다. 밤마다 거실을 치우면 모래가 소복했다. 아이들을 재우고 현관에 쪼그리고 앉아 운동화를 털면, 모래가 끝도 없이 흘러나와 어디에 숨었다 이렇게 흘러나오나 싶어 신발을 뜯어본 적도 있다. 늦은 밤 침대에 누우면, 맨발꿈치에 모래가 스르륵 쓸리는 날들이었다. 어느 날부턴가 모래가 사라졌다. 다시 글을 쓰기 시작했다.

2001년 단편 하나를 발표하고 곧바로 그동안 써둔 원고를 송두리째 잃어버리게 된다. 이후, 밤을 새우며 쓴 《장밋빛 인생》으로 오늘의 작가상을 수상하게 되었다. 돌아보니 하루 벌어 그날의 일수를 찍는 채무자의 나날이었다.

다시 글이 내 삶의 모래가 되었다. 모래 구덩이 집으로 되돌아간 남자는 어떻게 되었을까, 가끔 궁금하다.

그리운 운자 크레보

〈밤이여, 나뉘어라〉의 공간적 배경은 실제로 내가 2000년에 머물렀던, 혹은 지나쳤던 장소들이다.

그해 초, 베를린에서 공부를 하고 있던 후배 K가 여름에 북구를 여행하자는 얘기를 했다. 뭉그와 그리그, 피오르드와 백

야의 땅. 그러자고 했다. 여름은 쉽사리 다가왔으나, 상황이 좋지 못했다. 갑자기 일어난 어떤 일로 인해 내 삶은 걷잡을 수 없는 회오리 속으로 들어가 먼 여행을 떠날 상황이 아니었다. 일상이 송두리째 전복되느냐 마느냐 하는 두려움과 고뇌로 잠을 잘 수도 제대로 먹을 수도 없는 날들이었다. 이미 예약해놓은 비행기표를 해약하고 못 간다는 전화를 하려 했다. 마지막 순간에 가방을 들고 떠난 건 상황이 호전되어서가 아니라, 그 칼끝 위를 걷는 듯한 순간순간을 더 이상은 견딜 수가 없어서였다. 도피하듯 떠난 여행이었다.

베를린에 도착해 후배의 집에서 저녁을 먹고 나서야 알게 되었다. K는 그동안 아이를 가져 임신 초기였다. 혼자 얼마나 고민을 했을 것인가. 까마득한 선배와 약속을 해놓고 없었던 일로 해주세요, 라고 말해야 할까 말아야 할까, 하고. 짧은 일정의 여행이 아니었고, 가장 조심해야 할 시기였다. 그러니 우리는 둘 다 여행을 떠날 상황이 아니었던 것이다. 어른이된다는 것은, 제 고통을 발설하지 않는 것이라고, 삶은 그렇게 우리를 길들여왔다. 조심하기로 하고 여행을 시작했다. 키일로 가서 북해를 건넜다. 이틀만 일정을 계속하면 빙하를 볼 수 있을 것이라 했다. 그날도 지도에 동그라미를 하며 북쪽으로 올라가는 중이었다. 긴 터널을 지나자 산정에 거대한 호수가 나타났다. 물빛이 푸르다 못해 검었고 공기는 얼음 알갱이처럼 살갗에 부딪쳤다. 혼돈이 걷힌 태초와도 같은 그 풍경 앞에 서서 호수를 말없이 바라보고 있는데, K가 속삭였다. 무서워요. 그리고, 배가 아파요.

머릿속이 하얘졌다. 배가 아프다니.

압도적인 풍경의 느낌이 너무 강렬했을까. 빙하고 뭐고 다 포기하고 다시 남쪽으로 달려 내려오다 밤을 보내기 위해 찾아들어 간 동네가 운자 크레보였다. 신의 정원과도 같은 그곳에서 꼬박 사흘을 머물렀다.

그럴 수 있다면 시간의 정지 버튼을 누르고 싶어지는 그 풍경을 바라보며, 몇 번이나 생각했다. 지금 내 안의 고민이 없다면, 이 풍경은 얼마만큼 더 아름답게 다가왔을까, 하고. 저녁 무렵 이내처럼 번지던 빵 굽는 냄새, 피오르드의 물빛, 카누 아래로 물풀이 스치던 소리. 언젠가 아무런 고민 없는 여행자가 되어 다시 한 번은 들르고 싶었다.

그러나, 그러나 말이다. 오장육부가 온통 바위덩이로 변해 버릴 듯한 그 지독한 괴로움이 아니었다면, 운자 크레보가 이토록이나 오래, 강렬하게 내 안에 남아 있었을까. 그 아름다움이 그토록 섬세하게 내 기억에 새겨졌을까.

지도에도 없는 그 작은 마을을 나시 찾아갈 수는 없겠지만 찾을 수 있다 하더라도 나는 이제 그곳을 들르지 않을 것이다. 내 안의 운자 크레보는 지명이 아니라 하나의 추상명사이니.

그곳에서 찍은 사진을 다시 들추어보니, 사진 속의 나는 활짝 웃고 있다.

근심과 고통이 도대체 뭔지 모르는 철없는 왕녀처럼.

자다 깨인 밤에 부르는 나의 노래여

문학이란 내게 무엇인가.

오래전 박상륭 선생님의 글을 읽다 한 구절 앞에서 나는 그만 아득해졌다.

……나는 말이라우, 잘 자다가도 말이라우, 퍼떡 깨이면 이라우, 잠이 안 옴선, 무신 노래 겉은 것이 불러져라우. 두 번 부를라면 안 돼요. 날보고 모도 청승시럽다고 허요이. 그래도 노래가 불러져라우……

유리에 사는 한 여자의 독백은 나의 독백이었다. 잠자다 깨인 밤에 떠오르는 노래를 나는 알고 있었고, 그럴 땐 호롱불 빛이 추웠었다. 그러면 눈물이 괴어 올라오고, 흐느낌 대신에 무슨 노래가 떠올랐지만, 두 번 불러보려면 안 되었다. 두 번 불러보려면 안 되는 그 노래, 그 느낌을 찾아 나는 생의 이면으로 걸어 들어갔다. 어느 순간 펼쳐보면 움켜쥔 손아귀 속에 다리가 죄다 떨어진 자디잔 게 몇 마리만 남을지 모르겠지만, 바다의 두려움을 모르는 채로 한사코 개펄을 헤매던 아이처럼 미련하게 언어의 바닷속으로 걸어 들어가 보고 싶었다.

몸을 갖지 못한 언어가 지은 집은 어쩌면 가장 무력한 것이 아닌가 절망스러울 때도 있지만, 이전에 존재했던 것들, 동시대를 같이 숨 쉬는 것들, 우리가 사라진 후에도 존재할 것들은 역설적으로 오직 언어 안에서만 영원할 수 있다고 생각한다.

태초에 말씀이 있었다는 선언이 신의 영원성에 대한 선언이듯, 언어 외엔 도구가 없는 문학만이 영원과 겨룰 수 있지 않을까. 문학의 위기와 고사를 말하는 세태 속에서도 문학이 주는 매혹은 영원하리라고 믿으며, 자다 깨인 밤의 노래를 기록하고 싶다.

언어와 글쓰기에
대한 끊임없는
반성과 모색

1993년 제17회 이상문학상 대상

최수철

지금 최수철의 문학적 연대기를 쓰는 사람은 바로 나 자신
이다. 그러나 방금 전 나는 이 글을 삼인칭으로 기술하고 싶
은 욕망을 느꼈다.

　하지만 제삼자의 시각으로 나에 대해 이야기한다고 하여,
그것이 이 지면 위에서 섣불리 나 자신에 대해 객관화를 시도
하고자 하는 것은 아니다. 일인칭을 삼인칭으로 바꿔 놓는다
고 해서 무어 그리 크게 달라질 것이 있겠는가.

　요컨대 문제는, 지금 이 글을 쓰는 내가 자유롭지 못하다는
점이다. 그렇기 때문에 나로서는 어떤 식으로든 이 글 자체
속에 일종의 환기구 같은 것을 달아놓아야 한다. 그리고 이제
이 글을 삼인칭으로 쓰고 싶은 욕망에 몸을 맡기기로 마음을
먹은 마당에, 비로소 나는 다소나마 자유롭게 숨을 쉴 수 있
음을 느낀다.

태어나서 중학교 시절까지

지방의 어느 작은 도시에 사는 한 소년이 있었다. 많은 경우가 그러하듯, 그에게 있어서도 모든 것의 시작은 책이었다. 국문학을 전공한 그의 부친은 문학을 깊이 사랑하셨기 때문에, 그의 집에는 항상 책이 많았다. 그런 탓에 아마도 그는 어려운 책을 읽을 줄 모르는 나이에도 그 두꺼운 책들을 가지고서 이를테면 놀이의 대상으로 삼았던 듯하다.

말하자면 문학이란 그에게 애초부터 현실적인 것, 구체적이고 물질적인 것, 책이라는 존재 그 자체였다고 할 수 있을 것이다. 그 결과, 그는 문학이라는 예술 행위에 대해 추상적이고 감상적인 선입관을 가지지 않을 수 있었던 것이 아닐까 한다. 더욱이 그가 살고 있던 그 도시는 정신적으로든, 물질적으로든 그 깊이가 옅고 그저 담백하기만 한 곳이어서, 책을 가지고 노는 그의 순진한 놀이는 어떤 외적인 자극을 받는 일이 없이 그대로 오랫동안 지속되었다.

중학교 시절부터 고등학교 시절까지

그런 와중에서 차츰 긴 문장의 독해가 가능해진 그는 조금씩 책이라는 것의 실제 효용에 눈을 뜨게 되었다. 하지만 그렇다고 쉽게 그 책이라는 물질의 벽을 뚫고 들어가서 어떤 정신적 실체와 만날 수는 없었다. 그리하여 그는 여전히 잘 이해가 가지 않는 그 책들을 마구 들춰가며 남독과 발췌독을 일삼았다. 말하자면 간간이 그는 난삽하고 체계 없고 즉흥적인 독서 행위에 빠져들었는데, 그나마 그런 과정에서 복잡하고 불가해한 책, 혹은 문학이라는 세계, 그리고 세상 그 자체에 대한 통로를 조금씩 열어나가게 되었다.

하지만 여전히 그에게는, 문학이 존재하는 이유가 무엇인지, 사람들이 문학을 왜 하는 것인지에 대한 질문은 존재하지 않았다. 문학은 지나칠 정도로 현실적으로 존재하는 어떤 대상에 다름 아니었던 셈이다.

고등학교 시절부터 대학 시절까지

그런저런 이유로 인해, 그가 문학을 직접 해볼 생각을 한 것은 지극히 당연한 일이었다. 처음에 그는 자신보다 먼저 문학을 시작한 친구들과 어울리며 시라는 것을 써보기 시작한다. 그러나 이내 그는 자신의 능력 부족을 절감한다. 그러다가 그는 자신이 좋은 시를 쓰지 못하는 이유가 단순히 능력 부족에서 기인하는 것이 아니라, 자신의 기질상의 문제에서 비롯되는 것인지도 모른다는 쪽으로 생각을 바꾼다. 간단히 말해서, 그는 시처럼 당장 삶의 핵심으로 다가서서 그 본질적인 양상을 포착하는 데에는 근본적으로 한계가 있다고 생각하게 되었다. 세상은 그 자체로는 자명한 듯 보이지만, 그것을 글자들의 망으로 포착하여 다른 사람들과 함께 공감을 이루려면 말과 글에 관계된 모든 행위를 무한히 거듭해야 하는 것이 아닐까 하는 생각을 가지게 된 것이다. 그리하여 그는 제대로 관계를 이뤄 보지도 못한 채 시를 떠난다. 아니, 시로부터 버림을 받는다. 그리고 그 무렵 그는 얼떨결에 대학 문학상 수상자 명단에 이름을 올리게 되고, 곧 정식으로 소설가로 데뷔를 한다.

대학원 시절

소설가가 되었지만, 그는 제법 긴 시간을 투자해 간신히 한 편의 단편소설을 끝낼 때마다 이제 다시는 소설을 쓰지 못하게 될 것 같다는 불안감에 빠지게 된다. 그러나 당연한 말이지만 그렇다고 쉽게 소설 쓰기를 포기할 수도 없는 노릇이었다.

그 무렵 그는 자신이 소설을 계속 쓰려면 스스로 자신의 소설에 대해 의미를 부여하는 일이 필요하다는 것을 깨닫는다. 문학이 가장 자발적인 행위가 되지 못하고 다른 어떤 논리나 가치에 이끌린다면, 애초에 시작하지 않은 편보다 훨씬 못하게 될 것이기 때문이다.

그때부터 그는 자기 나름의 방식으로 소설을 쓰는 일에 집착한다. 우선 그는 소설을 쓰기 위해 섣불리 세상 속으로 걸어 들어가는 일을 스스로 금한다. 그가 쓰는 소설은 어떤 선택의 결과가 아니다. 그에게 있어서는, 세상이 항상 그에게 어떤 힘으로 다가선다는 사실을 잊지 않고서 매 순간 그 힘에 민감하게 반응하는 한편, 그 반응의 결과를 소설로 꾸며내는 것이 관건이었다.

그리하여 그는 '메모'라는 방식으로 그 반응을 포착하고, 그 반응을 세상에 되돌려주기 위해 그것들 자체로 하나의 틀을 만들어 독자들에게 제시하는 방식을 택한다.

군 생활을 마친 후

그리 길지 않은 시간이었지만 군대에서의 경험은 그에게 적지 않은 영향을 미쳤다. 그 시기가 그에게는 개인과 집단의 문제, 말과 글과 문학의 사회적 위상 등에 대해 좀 더 넓은 시각으로 바라볼 수 있는 계기가 되었다고 할 수 있다.

제대 후에 그는 《화두, 기록, 화석》이라는 책을 출간했는데, 그 작품은 '정직한 글쓰기'라는 개념에서 출발하여 언어와 글 자체에 대해 반성을 시도한 결과였다. 그리고 다시 몇 년 후에 그는 다분히 거창하게 말하여 이른바 '정직한 상상력'을 염두에 두고서 세상에 대해 사회학적으로 접근하고자 했고, 그 산물이 《고래 뱃속에서》다.

프랑스 체류 시기를 전후하여

《고래 뱃속에서》 이후로 그를 사로잡은 생각은 전망의 불투명함이었다. 의미로움과 무의미함, 당연한 것과 당연하지 않은 것, 진정성과 허위의식 등의 이분법적 개념 사이에서 균형을 찾기가 몹시 힘들어진 그는 차라리 그런 갈등 구조를 아예 해체시켜버리는 쪽을 택한다. 그리하여 그는 모든 이데올로기들에 대해 글로써 대항하기 위해 《어느 무정부주의자의 사랑》 4부작을 쓰기 시작한다. 이 무렵에 그가 잠시나마 프랑스에 머물 결심을 한 것도 어떤 면에서는 그런 정신의 부대낌이 원인이었다고 할 수 있다.

그러나 그 네 권의 책은 어떤 전망의 제시보다는 전망의 모색 그 자체에 바쳐진 것이긴 하지만 그 스스로 돌이켜보면 그는 그러한 문학적 무정부주의 덕분에 오히려 내적, 외적 허무감으로부터 어느 정도 벗어났다고 할 수 있다.

그 후 1991년에 그는 최근 여타 대중매체의 발달에 비해 활자 매체가 지극히 허약하다는 의식, 그리고 자신의 소설이 그러한 표현적인 부분에서 취약하다는 이중의 인식을 가지게 된다. 그리하여 그는 문자의 메타포와 영상적 이미지들을 결합시키는《벽화 그리는 남자》를 쓰게 된다.

지금 그리고 여기

하지만《벽화 그리는 남자》이후로도 그는 여전히 자신의 모색의 도정이 막막하게만 느껴짐을 스스로 인정하고 있다. 그는 자신에게 적합한 가장 효과적인 문학적 표현 양식을 찾고 있는데, 매 순간 자신의 부실함만을 확인하고 있을 뿐이다.

그런 의미에서 보자면, 〈얼음의 도가니〉라는 소설은 그 나름대로 구체적인 현실적 여건 위에 상징과 비유를 실현시켜본 것으로서, 앞으로 그는 한동안 그러한 방식의 글쓰기를 고집할 것이다. 그리고 이제 짧게나마 이 문학적 자전을 마치는 자리에 이르러서, 지금 그는 자신의 문학적 상황을 독자들에게 제대로, 그리고 구체적으로 드러내지 못했다는 자의식에 시달리고 있다. 그리하여 그는 궁여지책으로 이 문학적 연대기를 읽은 독자들이 이 책 어딘가에 있을 자신의 약력을 참고해주기를 바란다는 말을 슬쩍 덧붙이면서 섣불리 이 글의 마무리를 지으려 한다.

먼 우회 끝에
찾은 나 자신과
소설

1994년 제18회 이상문학상 대상

최윤

나는—적어도 아직까지—사실적인 자서전에서 재미를 느끼지 못한다. 아마 앞으로도 그럴 것 같다. 게다가 자전적인 글을 쓸라치면 갑자기 늙는 기분이 든다. 바야흐로 나도 나이 먹는 것을 억울해하는 나이에 다다른 것이다.

　나는 모든 자전류의 글에서 자기 미화의 흔적을 본다. 그리고 이것이 때로 자전적인 글의 작으나마 매력이 된다. 자신의 삶이 허구적으로 재구성되는 부분이기 때문에. 소설은 시초에 누군가의 전기의 무한히 변주된 허구적인 구성이 아니던가.

　특출한 사건 없는 나의 삶에 대해 사실적으로 쓰라니! 충분한 여유만 있었다면 나는 좀 더 즐거이, 사실적인 자전을 쓰는 더 재미있는 방법을 고안했으리라. 그러나 시간적으로 멀어 연속적인 이야기보다는 몇 개의 그림으로 남아 있는 유년만을 제외하고는 대부분 평범한 이력이 나열될 뿐인 이 심심한 방식을 용서하기 바란다.

나는 1953년 7월 3일 서울 돈암동에서 태어나 삼선동을 거쳐 명륜동에서 나의 유년과 성장기의 대부분을 보냈다. 네 딸 중의 둘째. 유년에는 누구나 그렇겠지만, 무수한 삶의 모험의 축소된 원형을 경험한다. 그리고 내 성향의 중요한 틀은 이때에 형성되었다고 생각한다. 그러나 막상 이야기를 하려면 참을성이 없어지고 강하게 각인된 장면들이 반복적으로 떠오를 뿐이다. 대충 아래와 같은 일화들이다.

　막 글을 깨우칠 무렵 나는 신문의 연재소설을 즐겨 읽었다. 물론 아무것도 이해하지 못한 나는 모르는 단어가 나올 때마다 단어 발음의 느낌에 따라 나름대로 뜻을 정의하고 그 단어들을 사용하기를 주저하지 않았다.

　기억나는 것은 '음탕'이라는 단어로, 나는 그것을 '진지하고 무거운 어떤 것'으로 정해버리고, 명륜동의 작은 시장 거리에 나타나던 한 심각한 표정의 신사를 자칭할 때 쓰곤 했다. 내가 누구누구 삼촌은 음탕하다고 말했을 때, 그 내막을 알아차리신 부모님은 기절초풍을 하시면서 소형 국어사전을 사 주셨다. 내 친구의 삼촌은 당시 목사 지망생이었기에 나의 실수는 여러 사람의 오해를 불러일으켰지만 그렇다고 내가 그 장난을 멈춘 것은 아니다.

국민학교(지금의 초등학교)의 첫 소풍은 4·19 때문에 무산되었다. 나는 분홍색 소풍 가방 속의 색색 별사탕을 며칠을 두고 깨물어 먹었다.

막 군대를 제대한 한 남자 선생님이 부임했는데, 그 선생님은 숙제를 해오지 않은 아이들에게 벌로, 송아지에게 하듯이 목에 검인 도장을 찍어주었다. 나는 집에 와서 네 살 위의 언니와 의논했고, 이튿날 둘이 손을 잡고 교무실로 가서 조용하고도 엄숙하게 그 선생님께 이의를 제기했다. 부모님께는 비밀로 했다.

나는 거리를 쏘다니기를 좋아했고, 그래서 이상한 사람들도 많이 만났다. 그중의 어떤 이들은 지금도 생생하게 기억난다. 특히 내가 이해할 수 없는 행동을 벌인 사람들은. 혜화국민학교를 가려면 꼭 지나쳐야 했던 시장 거리의 사람들, 플라스틱 칫솔에 새겨진 작은 여인상을 건네주던 감옥에서 나왔다는 초라한 아저씨, 뒷동네의 청년 깡패들, 문둥이라고 배척되던 어떤 가장, 가수를 희망하던 못생긴 동네 여인……은 지금 만나도 알아볼 것 같다. 화폐 개혁이 되던 날의 시장의 혼란은 가히 장관이었다. 나에게는 잔칫날 같았다.

만화가가 되기를 꿈꾸었던 약 이 년 동안 나는 만화 그리기에 정진했다. 만화를 그리기에 알맞게 칸이 쳐진 산수 공책을 대량 구입했으며, 어쩌다가 손에 들어온 일제 톰보 4B 연필은 꼭 만화를 그릴 때만 사용했다. 나와 다락에 숨어서 만화 그리기에 몰두했던 친구는 어느 날 디프테리아로 죽었다. 내가 경험한 첫 번째 죽음이었다. 나는 조원기, 박기정, 박기당의 만화를 많이 보았다.

어쩌다가 끌려가게 된 글짓기 대회를 나는 끔찍하게 싫어했다. 정해진 시간, 정해진 소재, 뙤약볕. 두 번째로 나갔을 때 주제는 '바람'이었는데, 나는 '산 위에서 부는 바람 고마운 바람……'이라는 노래 가사를 그대로 베껴 적었고, 예상대로 그 다음부터는 그런 자리에 나가지 않아도 되었다.

나는 '바나나 보트 송'을 부르는 해리 벨라폰테의 목소리를 좋아했다. 그 음악을 들으면 잠 많던 나를 깨울 수 있었다…….

이때 만난 세상의 층은 다양했으며 사람들의 행동은 지금보다 깊은 서사성을 지니고 있었다고 생각된다. 유년은 나에게 언젠가 꼭 길게 풀어야 할 수수께끼다. 놀이에의 몰입, 수많은 사람들과의 만남, 끝없는 유랑과 여행, 말 재미의 추구, 인간에 대한 부당한 대우나 사회 및 제도에 대한 나름대로의 비판적 판단……. 유년은 감히 나의 전성기였다. 흠뻑 받은 가족의 애정이 역으로 나를 세상으로 끊임없이 내몰았다. 내가 지니는 단 하나의 장점이 있다면 그것은 아마 세상에 대한 연민의 시선이리라. 이 시기에 형성된 것임에 분명하다.

그럭저럭 1966년 경기여중에 입학했다. 고등학교 시험이 없었던 첫해였던 만큼 그지없이 자유로운 삼 년을 보냈다. 도서관 청소를 배정받으면서 아마도 내 일생에 두 번째로—늙어서는 그때보다 더 많이 읽을 것이므로—다독을 했다.

그럼에도 이즈음의 나는 화가가 되고 싶어 중학교 3학년 말에 사설 아틀리에에 다녔으며, 한편으로는 몰래 다음에 교지에 발표될 첫 번째 소설을 썼다. 제목도 내용도 생각나지 않는다. 방학 동안 그려 미술 담당 선생님께 보인 그림은 별 반응을 얻지 못했다.

나는 동급생들을 관찰했고, 그 기록을 '그린 필드'인가 뭔가 하는 공책에 기록하느라 방과 후의 빈 교실을 자주 지켰다.《현대문학》을 자주 읽었으며, 이때의 나는 말이 없었다.

고등학교에 자동적으로 진학하면서는 좀 더 구체적으로 동업자 의식을 느끼면서 인구에 회자하는 국내외 작가들의 작품을 읽었다. 중학교 때와는 달리 기호에 따른 독서를 했다. 이때, 마음에 드는 작가의 작품들을 수집해 읽는 습관이 생겼다.

내 체질에 맞지 않는 시를 마른 나뭇잎 위에 적어 가지고 다니는 문학소녀들의 무리 때문에 감상주의와 시 장르를 몹시 싫어하게 되었다. 시와는 대학교에 가서 화해했다. 각자의 재능을 드러내기에 바빴던 성장기의 친구들에게서 세상에 존재하는 모든 종류의 존재의 드라마를 볼 수 있었던 기간이기도 하다. 이름도 까마득한 몇 명의 친구들과 '송죽'이라는 고전적인 이름의 필사 문집도 한두 번 냈던 것 같다.

나는, 그렇지만 그들과 함께가 아니었다는 생각을 종종 한다. 공통점이라고는 반항밖에 없던 소위 문제아들과 명동의 통기타 가수들을 방문하거나 영화관, 음악 감상실로 부지런히 돌아다녔지만 확실히 나의 정신은 다른 곳을 헤매고 있었다.

고등학교를 통틀어 나와 같이 다녔던 친구들은 대부분 스스로 혹은 주위에서 아웃사이더로 칭하던 부류였다. 고등학교 삼 년은 솔직히 괴로웠다. 그렇지만 제각기 장점이 많던 동년배들 덕분에 나는 사람의 단점보다는 그 가능성에 대해 기대를 가지는 낙관론자가 되었다.

대학 입시를 위해 일시적으로 삶에 이별을 고하는 표시로 '다다이즘이란 무엇인가'라는 제목의 글을 써서 교지에 발표했다. 공부는 대학에 가서 하겠다고 외치고 다녔으므로 입시를 앞둔 마지막 순간에 발자처럼 베게트의 냄새가 향기롭지 않게 풍기는 〈평행선〉이라는 제목의 희곡을 신춘문예에 공모, 물론 낙방. 사학과를 지원하려 했으나 지금은 고인이 된 담임선생님의 설득에 따라 서강대학교 국어국문학과에 입학했다.

대학에서 내가 몰두했던 것은 내게 부족하다고 생각되던 자질의 함양이었다. 그때까지의 내가 직관적, 즉흥적, 충동적이었다면 대학에서의 나의 사고는 분석과 실증과 논리에 더욱 가까웠다. 난생 처음으로 학교가 재미있었던 나는 뒤늦게 자발적인 모범생이 되었다. 국문학은 내 지적 형성의 중요한 전환기였다. 매일 크는 것을 느꼈다.

한편 연극반에 이어 교지 편집에 몰두했고 문학에 목매달던 여러 친구를 사귀어서 방황은 집단적이 되었다. 그러나 일년에 한 학기는 학교가 문을 닫던 유신 시절, 나는 질기게 대학 근처의 어두운 장소에 친구들과 늘어붙었던 만큼이나 자주 서울을 떠났다. 후에 혼자 하는 여행에 진절머리를 낼 정도로. 물론 여럿이 떠난 적도 많았다.

별다른(?) 이유도 없이, 예고도 없이, 마포서에 끌려가서 사진도 찍히고 지문도 여러 번 남겨놓았다. 몇 편의 보잘것없는 습작의 발표. 이어 3학년 때의 교지 특집 사건으로 내 방 안의 책장이 뒤집어지는가 했더니, 그 당장에 줄무늬 치마를 입은 채로 마포 구치소로 연행되어 짧은 잡범 생활. 이상하게도 계절이 언제였는지 까맣게 생각이 나지 않는다.

대학 4학년 말에 다시 소설가의 꿈이 발동해 뜻을 어머니께 아뢰었더니 여름방학에 과천 근처에 방을 얻어 놓으셨다. 한 달 정도 머무르다가 결국 학문을 하기로 결정하고 집으로 돌아와 대학원에 입학했다.

프랑스 비평에 영향을 받았고 대학원 논문으로, 허윤석의 단편들을 중심으로 〈소설의 의미 구조 분석〉이라는 논문을 썼다. 개고된 바로 그 논문으로 1978년 12월 《문학사상》의 비평 부문 등단.

나는 아무도 내쫓지 않았지만 유배를 가는 기분으로 프랑스 유학을 떠났다. 한국문학에 대해 과대망상적 평가를 하고 있었던 나는 외국에서 우리 작품이 번역되어 있지 않은 상황에 기절초풍하듯이 놀랐다. 나의 젖줄인 그 문학이 이렇게 안 알려져 있다니!

어쩔 수 없이 비교 문학에 대한 막연한 계획을 그 때문에 포기하고 프랑스 현대 작가 마르그리트 뒤라스에 대해 학위 논문을 쓰기로 마음을 정했다. 그때는 돌아다닌 만큼, 관찰한 만큼 배우던 시간이었다. 이십사 시간 의무라곤 거의 없이 하고 싶은 일만 골라 할 수 있었던, 어딘가 중학교 때의 몰입과

자기 침잠을 연상시키던 시절이었다. 그전까지 나를 한구석에서 지배하던 삶에 대한 여러 두려움이 이때 없어졌다.

그러던 중에 80년이 되었고, 광주의 기사가 프랑스 신문을 뒤덮을 때 육체적으로 앓았던 기억이 난다. 언어적, 시간적, 문화적 장애 때문에 논문 준비 외에 기껏해야 프랑스어로 쓴 장난스러운 단시나 수필 종류가 내가 하던 습작의 전부였다. 소설 쓰는 일은 어려웠다.

1983년 여름에 귀국한 나는 그사이 바꾼 전공 분야에 따라 서강대학교의 불어불문학과에서 가르치기 시작했다. 그 당시 내가 하던 외국의 새로운 이론 소개에 느낀 한계와 회의를 표현하기 위해 벌인 그 활동을 오퍼상을 차렸다고 지칭했는데, 오래가지 않아 지쳤다. 뿐만 아니라 유학 전에 무책임하게 이름을 걸어놓은 바 있었던 비평가로서의 활동을 시작하기에는, 비평 이외의 다른 언어, 내 존재 상태와 성향에 부합하는 소설 언어에 대한 욕구가 학위 논문과 학교 일로 너무 오랫동안 억눌려 있었다. 어느새 매일 아침 일찍 일어나 나는 소설을 쓰고 있었고, 먼 우회 끝에 나를 되찾으면서 가히 행복했다.

시간이 지나 생각하니 나의 사십이 년은 단숨이었고 그사이 만난 어느 누구도, 어떤 경험 하나도 버린 적이 없다. 내 머릿속에는 늘 무수한 사람들이 걸어 다니고 있고, 세상에 대한 경계를 모르는 기대와 근본적인 호기심은 내 단 하나의 재산이다. 나는 실수 많은 나의 개인사에는 무관심하다. 나는 어쩌면 비어 있다. 그러니 생활이 아직까지도 아마추어 단계에 머물러 있을 수밖에.

타인의
삶

열흘이면 된다고 했다. 담임이 조례 시간에 일의 대략적인 내용을 설명했다. 정확히는 모르지만, 이라고 말문을 텄다. 섣부른 단정을 좋아하지 않는 선생이었다. 얼마 전 통계청 주관으로 시행된 인구센서스와 관련된 일이라고 했다. 어쨌거나 너희들이 할 수 있는 정도의 일이라고 덧붙였다. 열흘이면 어떤 일이라도 그다지 힘들지 않을 것 같았다. 고작 열흘이니까. 만약 노동이 피곤하고 지루하고 힘든 것이라면, 언제 끝날지 모르는 공포 때문일 것이다. 심지어는 생이 끝날 때까지 계속해야 한다는 의무감과 타의에 의해 노동을 못하게 될지도 모른다는 두려움 때문에.

　구청 지하에 있는 사무실은 평소에는 회의장이나 교육장으로 사용되는 듯했다. 처음 도착했을 때 문은 굳게 닫혀 있었다. 냉기가 도는 지하실 복도에서 서성거리고 있자니 담당 공무원이 슬리퍼 소리를 내며 계단을 내려왔다. 복도에 흩어져 있던 아르바이트생들이 일제히 그를 쳐다봤다. 공무원은 넥타이를 매지 않은 흰 와이셔츠에 검은 스웨터를 입고 있었다. 단정하게 가르마를 탄 머리 때문에 무척 나이 들어 보였다.

사무실 문이 열렸을 때 제일 먼저 눈에 띈 것은 회색 철제 책상이었다. 탁구대만큼이나 컸고 입은 지 오래된 양복처럼 반질반질 닳아 있었다. 책상을 둥글게 감싼 회색 고무에는 볼펜으로 낙서한 흔적 같은 게 보이지 않았다. 단정했으나 강박적으로 사용에 주의를 기울인 느낌이었다. 사무실 바닥에 수십 개의 누런 상자가 쌓여 있었다. 상자마다 검은 매직으로 휘갈긴 글씨를 명패처럼 달고 있었다. 그 안에는 아마도 인구 센서스와 관련한 서류 뭉치가 들어 있을 터였다. 담당 공무원이 책상 사이를 돌아다니며 사인펜을 나누어주었다. 컴퓨터 용지에 기표할 때 사용할 펜이었다. 두 손으로 잡아야 할 만큼 많았다. 누런 상자와 더불어 열흘간 해야 하는 일의 물리적 분량을 말해주었다. 이 많은 사인펜을 다 쓸 때까지 일해야만 하는 것이다. 어딘가에 슬쩍 사인펜 몇 자루를 내다버리고 싶어졌지만 실은 조금 즐겁기도 했다. 대부분의 우리는 생애 첫 아르바이트에 조금 들떠 있었다.

공무원이 정해준 대로 조를 나눠 커다란 철제 책상에 둘러앉았다. 방문 조사 요원이 적어온 내역을 컴퓨터 용지에 옮겨

적으면 되는 일이었다. 바닥에 놓여 있던 상자를 천천히, 열었다. 검은 매직으로 적힌 숫자들은 동과 번지수를 나타내고 있었다.

철제 책상에 둘러앉은 우리는 아파트를 대상으로 한 상자가 배당되기를 바랐다. 우리가 사는 구區는 막 개발된 아파트 지구와 개발 이전의 대단위 다세대주택, 오래된 단독주택 지구가 뒤섞여 있었다. 아파트가 있는 지역을 조사한 서류가 그 외 지구를 조사한 서류에 비해 내역이 깔끔하고 정리하기 쉬울 거였다. 누구나 짐작할 수 있는 일이었다.

운이 좋지 않았다. 우리에게 배당된 것은 구區 안에서도 인구밀도가 높기로 유명한 연립주택 지구였다. 상자를 쏟아내자 형편 나쁜 가구家口의 이삿짐처럼 오기誤記와 수정 많은 서류들이 우르르 쏟아졌다. 휴. 누군가 한숨을 쉬었다. 못사는 동네라 그런지 서류도 지저분한 것 같아. 철제 책상에 둘러앉은 누군가 농담을 했다. 킥킥 웃기도 했다. 아무도 대꾸하지 않았다. 듣지 못한 척 딴청을 피웠다.

아르바이트를 하러 온 우리 누구도 가난이 자신과 전적으로 무관한 일이라고 발뺌하지 못했다. 그럴 만한 형편이 아니었다. 우리 중 누군가의 집이 그 상자 속에 담겨 있을지도 몰랐다. 가족일 수도 있고 출가한 언니일 수도 있고 가까운 친척일 수도 있었다. 부모가 오랜 가난을 경험했을 수도 있고 지금도 여전한 가난을 지나는 중인지도 몰랐다. 말을 한 아이마저도 얼른 웃음을 삼켰다. 전반적으로 형편이 좋지 않았던 우리들은 눈치가 빨랐다.

조사 내역이 담긴 서류에는 가족 수가 몇인지, 구성원의 나이와 학력은 어떻게 되는지를 묻는 기본 항목이 있었다. 자가 주택인지, 전월세인지, 부동산 가격은 얼마나 되는지 같은 것도 기록했다. 한 달 평균 수입도 적어야 했다. 방의 수와 화장실 수는 물론이고 냉장고, 세탁기 같은 대형 가전의 유무도 적었다. 자동차가 있는지 없는지도 적었고 텔레비전의 경우에는 몇 인치짜리인지도 적었다. 그런 게 뭐가 중요하나 싶지만 텔레비전 크기나 냉장고의 유무로 쉽게 형편을 짐작할 수 있는, 사람들 사는 모양이라는 게 그다지 대단치 않던 시절이었다.

조사지를 보다가 시내 한복판에서 큰 결혼식장을 운영하는 집을 보았다. 라디오에서 그 예식장 광고를 들은 적 있었다. 그 광고 때문에 예식장이 있는 신설동이라는 동네를 알게 되었다. 조사지에 적힌 가계 수입이 생각보다 적어 몹시 놀랐다. 필시 적게 적은 것일 테지만, 그때는 그 생각을 못했다. 세상이 다 알도록 광고를 하는 예식상을 운영하는데도 이 정도밖에 못 버는구나 싶었다. 돈이라는 게 얼마나 벌기 어려운 것인지, 우리 부모만 그렇게 힘든 게 아니라고 생각했다.

텔런트가 사는 집도 있었다. 친구들끼리 그 조사지를 돌려 봤다. 특별해 보이던 삶이었는데, 가족 몇 명, 평수, 월수입, 소유 가전제품의 목록 같은 것으로 단순하게 정리되었다. 텔레비전에 그 배우가 나오면, 아, 저 아저씨, 이 동네 어디쯤 살아, 식구가 몇 명이야. 한 달에 얼마를 번대…… 드라마를 함께 보는 식구들에게 아는 체하려고 잘 봐뒀다.

어떤 조사지에는 아홉 가구 총 서른여덟 명의 사람이 살았다. 아홉 가구 총 서른여덟 명의 사람이 사는 다세대주택인데 화장실이 단 한 개로 표시되어 있었다. 조금이라도 이상한 게 있으면 주저 없이 손을 들고 질문하라던 공무원을 향해 나는 손을 번쩍 들었다. 공무원은 서류를 잠시 들여다보더니 이 동네라면 그럴 수 있다고 대답했다. 조사 요원의 오기誤記나 착오가 아니라는 것이다.

나는 서류에 적힌 내용을 천천히 컴퓨터 용지에 옮기면서 아홉 가구 서른여덟 명의 사람들이 이용하는 단 하나뿐인 화장실을 생각했다. 잠에서 깬 아침이면 어떤 순서로 요의를 참아가며 화장실 문 앞을 서성이는지, 화장실 안에서 소리 나게 방귀라도 뀌면 문을 나서며 바깥에 있는 사람을 어떤 표정으로 볼지, 화장지가 없으면 바깥에 있는 아무에게나 소리를 질러 저기 밑으로 휴지 좀…… 하며 손을 화장실 문 밑으로 내밀어야 하는지, 그러고서는 내민 손을 수줍게 흔드는지, 바깥에 아무도 없다면 휴지 좀 주세요, 맨엉덩이를 드러낸 채 앉아 누군가 듣기를 바라며 소리치는지, 화장실 문틈으로 나온 손에 누군가 자신이 쥐고 있던 휴지를 올려두고 다시 휴지를 가지러 집으로 뛰어가는 건 아닌지, 그럴 때면 에이, 이놈의 집구석 하고 욕을 내뱉는 건 아닌지 하는 쓸데없는 생각들.

얼굴도 모르는 가구家口의 내력을 짐작하는 일에 재미를 붙였다. 아홉 가구 서른여덟 명 사람들의 단 하나뿐인 화장실에서의 삶 같은 것 말이다. 더불어 지하방에서의 삶, 반지하방에서의 삶, 일 층이나 이 층에서의 삶, 삼 층에 딸린 방 한 칸에서의 삶이나 옥탑방에서의 생활 같은 것에 대해서도 상상했다. 화장실 하나 때문에 그들의 피로하고 고단한, 어쩌면 불행한 삶을 조금 알 것 같은 기분이었다.

조사원이 숫자로 표기하지 못한 다세대주택 내부와 외곽에 대해서도 상상했다. 우편물과 광고물이 뒤죽박죽 섞여 있는 공동 우편함과 나무도 꽃도 심어져 있지 않은 담벼락 아래의 좁은 화단, 계단 난간에 올려진 값싼 플라스틱 화분들, 화분 속에서 잎이 발라가는 나무, 드나드는 사람이 많아 늘 열

어두는 녹이 슨 철제 현관문, 언제나 넘쳐나는 쓰레기통, 쓰레기를 헤집는 고양이, 골목길 어딘가에서 들리는 개 짖는 소리 같은 것에 대해서.

그렇게 생각하자 생활이라는 것이, 그곳에 사는 사람들의 삶이라는 것이 몹시도 흔한 것으로 여겨졌다. 삶은 뻔한 점괘를 숨긴 오늘의 운세 같았다. 누구라도 여름철이면 물을 조심해야 하는 것처럼, 그곳에 사는 사람들은 죄다 불안정하고 힘든 노동을 하고 주말에는 하루 종일 텔레비전이나 들여다보고 종종 약수를 뜨러 가까운 산에 올라가는 게 레저의 전부인 삶을 살 것 같았다. 각각의 삶은 통계로, 수치로, 숫자로 평준화되고 단순화되었다. 짐작건대 그들은 고단하고 피로하며 지루한 나날을 살고 있었다.

아르바이트가 끝나갈 즈음 다른 철제 책상에 앉아 있던 친구가 나에게 손짓했다. 친구는 서류를 보자마자 우리 집을 조사한 서류라는 걸 알아봤다. 우리 가족의 성姓은 흔한 게 아니었다. 가족사항의 맨 아래 칸에는 버젓이 내 이름이 쓰여 있었다. 나는 아버지가 작성해서 조사 요원에게 건넨 서류를 물끄러미 바라봤다. 우리 가족의 이름과 나이, 학력과 직업이 순서대로 적혀 있었다. 학기 초면 제출하던 가정환경조사서를 보는 것과는 완전히 다른 기분이었다. 말하자면 국가적 차원에서 이제껏 내가 본 다른 가구와 비교하면서, 우리 집을 바라보게 되었다.

텔레비전은 당대 표준인 십사 인치였다(인구조사서를 정리하다 보면 십사 인치가 가장 많았다). 텔레비전을 보기 위해 밤이면 안방에 온 식구가 모였다. 겨울이면 밍크담요 속에 발을 집어넣고 둥글게 모여 앉아 발장난을 치며 텔레비전을 봤다. 자동차가 없었으므로 식구들이 어딘가를 가기 위해서는 여러 번 버스를 갈아탔다. 서류에는 부모님이 한 번도 말해주지 않은, 나로서는 짐작할 수도 없었던 우리 집의 한 달 수입이 적혀 있었다. 그 돈으로 부모는 우리 형제들에게 옷을 입히고 밥을 먹이고 아픈 노모를 돌봤다. 성장한 두 딸을 출가시켰고, 단지 내에서 가장 작은 평수의 아파트를 융자 얻어 샀고, 오빠의 대학 등록금을 댔다. 명절이면 큰집의 책임을 다하기 위해 온 친척들에게 싸주고도 남을 정도로 많은 음식을 했고 찾아온 친척 아이들에게는 넉넉히 과자값도 줬다. 그 돈으로 대학생인 오빠는 가끔 여자 친구에게 밥도 사고 친구들과 술을 먹고 당구도 치고 외국어학원에도 다녔을 것이다. 나는 그 돈으로 친구들과 어울려 명동으로 옷을 사러 가고 막 개장한 테마파크에 놀러 가고 주일이면 교회에 가서 헌금을 했다. 그 돈을 벌기 위해 아버지는 여러 번 직장을 옮겼고, 마땅치 않으면 금세 그만두었고, 그래도 곧 다시 직장을 구해 쉬지 않고 일했다. 직접 인부를 부리는 일을 시작해 엄마에게 난데없이 인부들 밥을 해 나르게 했고, 엄마가 해 나른 밥값만도 못한 생활비를 줘서 엄마를 화나게 했다. 서류에 적힌 숫자로는 도대체 짐작할 수 없는 것이었다.

신기하다, 너희 집이 이렇구나. 이제 좀 알겠다. 친구가 자랑하듯 말했다. 다정하게 웃기까지 했다. 나도 따라 웃었지만 자리로 돌아오자 무척 화가 났다. 친구는 뭘 안다고 생각한 걸까. 가지고 있는 텔레비전의 크기나 집의 평수, 화장실 개수 같은 것을 통해서 뭘 안 것일까. 단지 그것뿐이라니, 삶이 단순화되는 방식이 경이로울 정도였다. 서류에는 하루도 쉬지 않은 부모의 노동이나, 힘겨운 재수 생활을 막 마친 오빠의 학업, 진로에 대해 고민하는 나의 내면 같은 것은 모두 생략되어 있었다. 그때부터였을까. 누군가 나에 대해 '잘 안다'고 말하면 나는 그 사람을 조금 멀리하게 됐다. 나를 안다고 하는 사람이야말로 나를 잘 모르는 사람이라는 생각도 하게 됐다.

비로소 내가 이해했다고 생각한 아홉 가구 서른여덟 명 사람들의 삶이라는 것도 그저 착각에 지나지 않았다는 걸 알게 되었다. 그들이 고단하고 피로한 나날을 이어가며 어쩌면 하나뿐인 화장실 때문에 불행하리라 생각한 것은 정당하지 못한 상상이라는 것도 알게 되었다.

내가 애써 상상한 것인 줄 알았던 다세대주택 외곽의 풍경도 사실은 오며 가며 익숙하게 봐온 동네의 흔한 풍경에 지나지 않았다. 나는 그저 눈으로 봐온 것을 떠올리고 들었던 소리를 기억해냈다. 나는 어떤 것도 상상하지 않았다. 뻔하고 단순하며 이토록 자명한 생각만 했을 뿐이다.

삶의 객관적 조건을 아는 것과 삶의 내면을 아는 것은 전혀 다른 일이다. 서류와 정보를 통해 누군가의 형편과 조건을 알 수는 있겠으나 그것으로 섣불리 삶을 짐작하려는 일은 각각의 삶을 단순화시킬 뿐이다. 숫자나 통계가 단순화시킨 삶을 벗어나는 방법은 개인의 이야기를 상상하는 것이다. 내가 지켜봐온 부모의 이야기, 세 자매의 이야기, 오빠의 이야기 같은 것들. 통계와 수치로는 짐작되지 않는 어떤 얘기들을.

첫날 담당 공무원은 몹시 바빴다. 여기저기에서 질문이 쏟아졌다. 우리들은 별걸 다 물었다. 지표만으로 이해할 수 없는 가정사, 삶의 형태, 생활 조건 같은 게 많았다. 질문은 갈수록 줄어들었다. 마지막 날 즈음에는 아무도 질문하지 않았다. 사람들의 삶은 각기 다르지만 어떤 삶이든 가능하고, 그럴 수 없으리라 생각한 삶도 누군가가 겪는 삶이라는 걸 어느 정도

짐작하게 되었다.

세상에는 놀랍게도 많은 사람들이, 크거나 작은 집에서, 많거나 적은 가족과 함께 온갖 종류의 가전제품을 가지거나 못 가지고, 자동차를 가지고 있거나 가지지 않은 채로, 화장실이 가구당 한 개이든 다섯 가구당 한 개이든 상관없이, 제각각의 인생을 살고 있다. 아마도 각기 다른 방식으로. 결코 하나로 단순화되지 않는 삶으로. 몇 개의 정보로는 이해되지 못할 내면으로. 그러므로 끝끝내 나는 제대로 알지 못할 방식으로.

나에게 소설이 발생한 최초의 지점을 꼽으라면, 만약 그런 것이 가능하다면, 나는 그 공무원 책상을 선택할 수도 있겠다. 공무원 책상에 앉아 조사지를 들여다볼 때에는 소설이라는 것에 대해 아무것도 몰랐지만, 나중에 소설을 쓰는 삶을 살게 될 줄 짐작도 못했지만, 그 책상에서 분명 무엇인가를 배웠다. 소설적인 어떤 태도 같은 것을. 삶이 뻔하다고 믿는 상상력이야말로 삶을 단순하게 만든다는 것, 무턱대고 누군가의 불행을 짐작하는 것은 정당하지 못하다는 것을 알게 하고, 나 자신과도 새롭게 낯을 익혀야 할 것 같은 막막함을 준 그 넓고 황량한 책상 말이다.

그렇다고 누구나 소설을 쓰는 건 아니라고 한다면 나는 이렇게 대답할 수도 있겠다. 나는 그 각각의 단순치 않은 삶을 상상해보는 것으로, 웅크린 이야기를 떠올려보는 것으로, 잘 모르는 사람에 대해 생각하고 물끄러미 바라보는 것으로, 삶을 고통스럽게 만드는 뻔한 상상으로부터 벗어나는 것으로, 그 막막함을 조금 덜 수 있었다고.

이상문학상 대상 작가의
자전적 에세이

1판 1쇄 | 2019년 3월 18일
1판 4쇄 | 2019년 5월 1일

지은이 | 공지영 · 손홍규 · 편혜영 외 19인

펴낸이 | 임지현
펴낸곳 | (주)문학사상
주소 | 경기도 파주시 회동길 363-8, 201호(10881)
등록 | 1973년 3월 21일 제1-137호

전화 | 031)946-8503
팩스 | 031)955-9912
홈페이지 | www.munsa.co.kr
이메일 | munsa@munsa.co.kr

ISBN 978-89-7012-948-8 (03810)

이 도서의 국립중앙도서관 출판예정도서목록(CIP)은 서지정보유통지원시스템 홈페이지
(http://seoji.nl.go.kr)와 국가자료공동목록시스템(http://www.nl.go.kr/kolisnet)에서
이용하실 수 있습니다. (CIP제어번호 : CIP2019008270)

이상문학상
대상 작가의
자전적 에세이